ようこそ『料理屋《ラスボスの家》』へ！
転生してラスボスになったけど、ダンジョンで料理屋はじめます
～戦いたくないので冒険者をおもてなしします!～

リュミエ
蒼太に助けられたことから、
ダンジョンの手伝いをしている少女。
小鳥遊蒼太
女神によって異世界のダンジョンのラスボスに
転生させられてしまった元日本人。

口絵・本文イラスト
朝日川日和

装丁
木村デザイン・ラボ

転生してラスボスになったけど、ダンジョンで料理屋はじめます

tensei shite
last boss ni
nattakedo,
dungeon de
ryouriya
hajimemasu

～戦いたくないので冒険者をおもてなしします!～

ぼっち猫

イラスト
朝日川日和

「な、なんだこれは！」

ミステリア・リストン
冒険者ギルド《ブレイブ》のギルド長。

子どもに見えるが、実は立派な大人。

初めてのプリンに大興奮！

ラスボスの力を使って
野菜を育てたり
屋敷を建てたり
料理屋をはじめたり
ダンジョン最下層を
大改造!

tensei shite last boss ni nattakedo, dungeon de ryouriya hajimemasu

本書は、２０２２年カクヨムで実施された「『楽しくお仕事 in 異世界』中編コンテスト」で優秀賞を受賞した「ラスボスごはん ～転生してダンジョンのラスボスを押しつけられたので、最下層奥地でおいしいごはん作ります！～」を加筆修正したものです。

プロローグ

「着いたよ。ようこそ『料理屋《ラスボスの家》』へ！」

「これが……！　ソータ、改めて、開店おめでとう！」

アース帝国領内の最果てに位置するラストダンジョン最下層、地下三十二階。

そこにそびえる鉄扉の先にあるのは、ラスボスと死闘を繰り広げる決闘の場——ではなく、ラスボスに選ばれた者のみが入ることを許される豊かな農場、そして「料理屋《ラスボスの家》」だ。

「ありがとう。このおめでたい日に無事開店できて、本当に嬉《うれ》しいよ」

今この《ラスボスの家》に集まっているのは、ある戦いをともに見届けた冒険者やギルド従業員、職人や商人などなど。総勢二十人くらいだろうか。

打ち上げでもあり、この《ラスボスの家》の初お披露目でもある今回は、建物の手前にあるテラス席を増やしてそこに集まってもらった。

皆、ここがダンジョン最下層だなんて信じられない、といった様子で周囲を見回している。

「本当に素晴らしいな。見慣れたと思っていたが、ここにきてラスボスエリアであることを忘れてしまいそうだ」

本来ならば殺風景な天井が見えるはずの頭上には青空が広がり、時折どこからともなく心地いい風が吹いてくる。

これらはすべて、ラスボスであるオレ・小鳥遊蒼太《たかなしそうた》の特殊スキル（とその特典）によって生み出されている。

「でもミステリア、ギルド長なのにここにいていいのか？」

「問題ない。——というか、こんな楽しげな宴《うたげ》に私を呼ばないつもりか⁉」

先ほどから積極的に話しかけてくる金髪ツインテ美少女のギルド長・ミステリアは、不満げに頬を膨らませる。

「リュミエだって、まわりが荒くれ者の冒険者ばかりでは不安だろう。……なあ、私がいた方が楽しいよな？」

「——えっ？　は、はい」

「おい、オレの大事な相棒に返事を強要するな」

銀髪の儚《はかな》げな美少女・リュミエは、ミステリアの圧に気圧《けお》されつつそう返す。

ミステリアは良いヤツだし、基本的にはリュミエも懐いているが。

元奴隷ゆえに気弱なリュミエには、彼女の勢いは少々刺激が強すぎる傾向にある。

「本当にすげえな。まるで貴族の屋敷じゃねえか。腹減ったし早く食おうぜ！　ソータが作る飯は絶品だからな！」

「ちょっとベルン！　少しは遠慮しなさいよ……」

「ああん？　いいだろべつに。アルマこそ、さっきまで『今日のごはんは何だろうね？』って言ってたじゃねえか」

「なっ——！　もうっ、ベルンのばかあっ！」

アルマは真っ赤になってベルンをポカポカ叩《たた》いているが、屈強な肉体を持つベテラン冒険者のベルンはびくともせず、ただアルマを見て楽しげに笑っている。

まあ、アルマもベルンの相棒として、一般的な人間と比べるとかなり強いんだけど。

「今日はオレのおごりだから、何でも好きに食べて飲んでくれ。メニュー表は一応そこに作ってあるけど、ないものでも言ってくれれば作るよ」

「はっはっは。相変わらず太っ腹な兄ちゃんだ！」

「ありがとうございます。ウルドさんも、《ラスボスの家》の家具を作ってくれた功労者です。今日はじゃんじゃん注文してくださいい」

「へえ？　このテーブルと椅子はおっさんが作ったのか。すげえな」

「おっ、ベテラン冒険者に褒めてもらえるとは光栄だよ。ありがとな！」

田舎町ボルドで家具職人をしている男・ウルドは、ベルンと固い握手を交わす。

ほかの参加者たちも、みんな思い思いにこの元ラスボスエリアであった場所を堪能し、和気あいあいと会話を繰り広げている。

そうしてひとしきり会話を楽しんだあとは、いよいよ――――！

「じゃあとりあえず、スルメの炙《あぶ》り焼きと天ぷら、焼き鳥の盛り合わせ、唐揚げ、ポテトフライ、チーズグラタン、それから何かスッキリできる酒を人数分たのむ」

「あと炊き込みご飯と、この炒《いた》め物も気になるな」

「お、いいな。それももらうとしよう！」

ミステリアとベルンは、メニュー表を見ながら次々と注文を入れていく。

「ち、ちょっと二人とも、そんな頼んで食べきれるの⁉」

「いやいや俺らなら余裕だろ。なに女子ぶってんだ」

「そうだぞアルマ。せっかくの食べ放題飲み放題だ、遠慮してどうする」

「私はれっきとした女子よっ！」

アルマは真っ赤になって頬を膨らませる。

アルマは美しい赤い髪にスラッと引き締まったスタイル抜群の体をしていて、おまけにかなりの美人だ。

普通であれば、もっとちやほやされてもおかしくない。

――でもまあ、それをしないベルンだからこそ、長続きしてるのかもな。

「はっはっは。仲良しだなあ。でも嬢ちゃん、我慢はよくねえぞ」

「もうっ、家具屋のおじさんまでっ！」

「あ、このキノノンのバター醤油《しょうゆ》焼きも一つ！」

「ちょっとベルン⁉」

受けた注文はリュミエがメモしてくれているし、念のためにオレ専用のナビシステム・メカニーにも記憶させている。オレはそれに従って作るのみだ。

作った料理をテーブルに運ぶと、その場にいる全員が歓声とともに目を輝かせる。

飲み物は、リュミエが運んでくれた。

「それじゃあ戦いの終結、そして《ラスボスの家》のオープンを記念して、カンパーイ！」

「カンパーイ！」

ミステリアとウルド、それからベルンを始めとした何人かの冒険者たちは、乾杯から一気に中身を飲み干し、豪快にドンッとテーブルに置く。

「くはーっ！　なんだこの酒は！　疲れた体に染みわたるぞ」

「ソータ、おかわりもらえるか？」

「俺にもくれ！」

「ビールっていう酒だよ。いくらでも作れるから好きなだけ飲んでいいぞ」

一から作ろうと思うと大変だが、スキル【料理】なら材料さえあれば一瞬だ。

材料は、今日に備えて山ほど用意してある。

「んーっ！　焼き鳥おいしいっ♪　ベルンもお酒ばかり飲んでないで食べなさいよ。ほらほらっ」

「うん？　お、おう。……つかアルマ、おまえ酔ってねえか？」

「もう、酔ってないわようっ」

焼き鳥を口に押し当てられそうになり、慌てて口を開くベルン。

「お、うめえ！　このニワトルに絡むタレ、たまんねえな」

「でしょ？　ほら、こっちは塩なんだって！」

「お、おいちょっと待て。まだ食ってる途中――むぐ」

どうやらアルマは酒に弱いらしい。

いつもは我が強いベルンも、完全にアルマに押されている。

「ソータ、どうしたんだ？　羨《うらや》ましいのか？　なんなら私があーんしてやってもいいんだぞ？　ほら、あーん♡」

「ちょ、おまっ……むぐ」

席に座ったところで後ろからミステリアに抱きつかれ、口にスルメの炙り焼きを押し込まれる。

「というかおまえこんなに酒に弱かったっけ？」

「うん？　いや、私は酔ってないぞ？」

「酔ってなくてそれかよっ」

まったくどいつもこいつも……。

周囲では、早くも酔っ払いたちが騒ぎ始めている。

場所、テラス席にして正解だったな。

――まあでも、たまにはこういうのもいいかもな。

ラスボスになったときはどうしようかと思ったし、いろんなことがあった。

でもだからこそ、こうして笑い合える仲間ができたのかもしれない。

今なら、すべての元凶であるあの女神にも感謝できる気がするな。きっと。多分――。

第一章　転生したらラスボスだった

「ですからあなたには、ダンジョンのラスボスに転生していただきます」

「……ラス、ボス？」

オレ、小鳥遊蒼太《たかなしそうた》は、ついさっきまでどこにでもいる会社員（32）だった。

しかし通勤中に横断歩道に突っ込んできたバスに撥《は》ねられて死亡。

気づいたら、この何もない真っ白な空間にいたのだ。

目の前には、ＴＨＥ☆神様といった純白のワンピースを身にまとった、美しいサラサラの金髪に緑色の瞳《ひとみ》をした絶世の美少女。

自身を女神だと言い張る彼女に、今オレは、転生してダンジョンのラスボスになれと告げられている。

「────は？」

オレを見た途端、ポンッと手を叩いて、「実は今、ラスボス補充が間に合ってなくて……ちょうどよかったです！」なんて言ってのけたこいつの思考回路がまるで理解できない。

「いやいやいやいやいや。ダンジョン？　ラスボス？　オレ、さっきまで普通の会社員だったんですけど⁉　無理に決まってるでしょう！」

「あは、大丈夫ですよ！　弱いまま転生させてもすぐ死んじゃってまた補充しなきゃいけないし、あなたにはつよつよ特殊スキル五つ、それから追加で好きなスキルを五つ選ぶ権利を与えます。肉体も十八歳くらいに若返らせておきますね☆」

大丈夫じゃねえええええ！

というかスキルってなんだよゲームかよ！

女神はオレに、一冊の分厚い冊子を渡してきた。

表紙には、「選べるスキルカタログ」と記されている。

「あ、カタログの使用期限は今日ですので、転生したらさっさと五つ決めちゃってください。ラスボス専用スペースは好きに使って構いません。それじゃ、頑張って長生きしてくださいね！」

「えっ、いや、ちょ――っと待てえええええええええええ」

◇◇◇

ぐにゃりと視界が歪《ゆが》んで、世界が暗転したのを感じた次の瞬間。

オレは薄暗い異様な空間に立っていた。

その空間は、床も壁も天井もごつごつした岩のようなレンガで造られており、壁面には等間隔で灯りが灯《とも》っている。

ゲームやマンガに登場する、いわゆるダンジョンまんまだ。

――え？　は？

ここで暮らせと？

さっきダンジョンとか何とか言ってたよな？

ってことはモンスターとか野獣とか、そういう恐ろしい生き物もいるってことか？

体から血の気が引いていくのが分かる。

こめかみを冷や汗がつたい、気がつくとオレは震えていた。

「――はは、嘘《うそ》だろ？　オレは平和な世界で生きてきた日本人だぞ？」

そうつぶやいてみても、辺りはただ静まり返ったままで。

自分の弱々しい声だけが虚《むな》しく反響する。

夢ならどんなにいいかと思ったが、生々しい感覚が夢ではないことを告げていた。

「と、とりあえずどうにか身の安全を確保しないと。一日で二回も死ぬなんて冗談じゃないぞ」

何か身を隠せる場所があれば、少しは安心できるかもしれない。

オレはそう考え、何気なく振り返った。

するとそこには、オレの身長の何倍もの高さにそびえる巨大な扉があった。

しかし扉は重い鉄のような材質でできていて、鍵穴《かぎあな》も取っ手も見当たらない。

「……たしかあの女神の話だと、オレは今、この世界でラスボスなんだよな？　だったら、もしかしたら――」

オレは扉に触れ、力ずくで開けてみようと試みる。

――が、力を入れる前に、目の前に半透明の画面のようなものが現れた。

そこには、『所有者【ラスボス】の存在を確認しました』と書かれていて。

同時に、機械的な音声が淡々とその文字を読み上げていく。

そして読み終わると同時に、扉がギギギ……という音を立てて自動的に開かれた。

「な、何だったんだ今の……。でも、どうやらこの先がラスボスのスペースってことで間違いないみたいだな」


扉の先には、広大な広間が広がっていた。

扉から部屋の奥までは、恐らく郊外にある巨大ショッピングモール「リオンモール」くらいの広さがある。いや、それ以上か？

天井までの高さも、高すぎてよく分からない。

しかし、そのだだっ広い空間にあるものといえば。

扉から一直線に延びた真っ赤な絨毯《じゅうたん》と、その横に等間隔に立ち並ぶ灯りのみ。

「――つまり、今日からここにラスボスとして君臨しろと？」

オレがそう、扉付近で呆然《ぼうぜん》としていると。

またしても先ほどの無機質な音声が聞こえてきた。

『所有者【ラスボス】の登録が完了しました。これより、このラスボスエリアは小鳥遊蒼太様のものとなります』

ラスボスエリアの所有者――か。

どうやらダンジョン全体ではなく、あくまでこの空間に限定されるということらしい。

まあラスボスって言っても雇われというか、職業みたいなもんだしな。

拠点ができただけでもよしとするか。

……というか待てよ。

万が一、もしかしたら……。

「——あ、あの、音声さん？　もしかして反応してくれたりは」

『はい、何でしょう？　私にお答えできることであれば、何なりと』

は、話せたああああああああ！！！

機械に反応をもらってこんなに喜んでしまうあたり、我ながら切なくはあるが。

しかしそれでも、まったく誰とも話せないよりは数百倍マシだ。

「あの、えっと……オレこの世界に転生したばかりで、ここのこと何も知らなくて。いろいろと教えてもらえませんか？」

『小鳥遊蒼太様、私に敬語は不要です』

「そ、そうなのか。じゃあ遠慮なく。オレのことは蒼太でいいぞ」

音声に実体はなく、傍《はた》から見れば一人で喋《しゃべ》っているヤバいヤツにしか見えないが。

しかし今は、この状況を見て「ヤバいヤツ」認定してくれる人すらいない。悲しい。

『かしこまりました。では蒼太様、この世界のこと、と言いますと？』

「……質問が大きすぎたか。じゃあまず、ここってダンジョンのラスボスステージってことで合ってるんだよな？」

『はい。ここはアース帝国領内の秘境に位置するダンジョンの最下層、地下三十二階層のラスボスエリアです』

——くそ。やっぱりあの女神の言ってた転生情報は本当だったのか。

「なら、このラスボスエリアについて知っていることを教えてくれるか？　オレはいったい、ここで何をどうすればいいんだ？」

『ラスボスエリアは、ラスボスである蒼太様の専用エリアです。ほかのモンスターたちは許可なく立ち入ることはできません。入り口の鉄扉を開ける特殊アイテムを入手できた冒険者のみ、たどり着ける仕様です』

つまり、その特殊アイテムを手に入れてやってきた強者《つわもの》冒険者たちと戦い、倒されないように生き残るのがオレの役割ってことか？

戦闘どころか護身術を習った経験すらないこのオレが？

どう考えても無理がありすぎる。

もしかして、あの女神バカなのか？？？

とはいえ、転生してしまった事実を覆すことはできないだろう。

この生を終えるには、このラスボスエリアまでたどり着いた冒険者たちに倒されるしかない。

しかも多分立場からいって、倒されたオレは悪役で、ダンジョンを踏破した冒険者たちは勇者や英雄として賞賛される。

そんな、そんなふざけたことがあってたまるかあああああああああ！！！

「……なあ、ラスボスってここに来た冒険者を倒す義務があるのか？」

『ラスボスの仕事は、あくまでこのラスボスエリアを守り抜くことです。しかし、侵入者を倒さなければ、こちらが倒されてしまうので結果としては――』

「なら、このラスボスエリアを守れれば倒さなくてもいいんだな？」

『……そう、ですね。そういうことになります』

なるほどだったら――。

「よし決めた。オレはこのラスボスエリアで、おいしいごはんを作りながら快適ライフを送ってみせる！！！」

今後の方向性が決まれば、次にすべきことは現状把握だ。

「おまえにも名前があったほうが便利だよな。機械っぽいし、メカニーなんてどうだ？」

『蒼太様にお任せいたします』

「なら今日からメカニーな。それでメカニー、転生前に、女神にスキルをもらったはずなんだ。それの確認方法が知りたいんだけど」

『かしこまりました。【ステータス画面】を起動します』

メカニーは、ブオン！　という音とともに、半透明の画面を出してくれた。

――す、すげえ。本当にゲームみたいだな。

まあ転生とかダンジョンとかラスボスとか言ってる時点で既に――だけど。

ええと……。

【ステータス】
名前：小鳥遊蒼太
職業：ラスボス（転生者）
ＨＰ：？？？？？

ＭＰ：？？？？？
ＳＰ：？？？？？
使用可能な魔法属性：全属性
スキル：【絶対防御】【鑑定】【探知】【特殊効果無効】【再生】
所有アイテム：ラスボスエリア／選べるスキルカタログ／財宝

ＨＰやらＭＰやらが「？」で埋まっているのが気にはなるが。

そもそも平均値が分からないし、知ったところでどうしようもない。

この辺はおいおいメカニーに話を聞くことにしよう。

そんなことより、まずはスキルカタログだ。

「たしかこの中から五つ、好きなスキルを選べるんだったよな？」

女神が今日中って言ってたし、とりあえずもらうスキルを決めるのが最優先事項だ。

今日があとどれだけ残ってるのかも分からないし！

カタログをめくると、異世界転生ものの作品でよく見るような、チート臭がプンプンする特殊スキルがずらりと並んでいる。

恐らくラスボス不足解消のために、オレを最強のラスボスにしようって魂胆なのだろう。

だがしかし！

オレが選ぶのは戦闘スキルじゃないんだな！！！

オレはカタログを一通りチェックし、その中から【転移】【料理】【快眠】【浄化】【園芸】の五つを選択した。

『あとから変更はできませんが、この五つでよろしいですか？』

「ああ。問題ないよ」

『かしこまりました。スキルを蒼太様にインストールしますので、しばらくお待ちください』
イ、インストール……。
まあ、あれだな、細かいことを気にしたら負けだな、うん。

『インストールが完了いたしました』

メカニーがそう告げた瞬間、スキルカタログは炎に包まれ、一瞬で消滅した。

同時に所有アイテム欄からカタログが消え、ステータス画面に表示されているスキルが増えているのを確認する。

これでもう、オレの所有アイテムは――。

「――ん？　待てよ、財宝ってなんだ？」

『財宝は、ラスボスである蒼太様の財産です。奥の壁に設置されている魔術具に手を触れることで、宝物庫が現れる仕組みです』

「な、なるほど？」

オレは果てしなくまっすぐに延びている赤い絨毯の上を、ひたすら奥へと進んだ。

しばらく行くと、奥には短い階段があり、そこから先が少し高くなっていることが分かった。

そしてその上には、立派な玉座のような椅子が鎮座している。

おそらく、ここで冒険者を待てということだろう。

「――お、これか？」

椅子の後ろの壁には、メカニーが言ったとおり怪しく光る黒い石がはめ込まれたスイッチのようなものがある。

その黒い石に手を触れると、壁の一部が光って消えた。そして。

「…………え。まじか」

その奥の部屋には、金貨や銀貨、宝石、希少だと一目見て分かるような武器や防具が山のように積まれていた。

「……この財宝ってオレが好きに使ってもいいのか？」

『はい。すべてラスボスである蒼太様のものです』

転生したばかりでこの世界の所持金ゼロだし、これは助かる！

というかこれだけあれば一生何不自由なく暮らせるんじゃないか？

とりあえず、資金には困らなそう――か。

なら次は、衣食住の確保だな。

それから、このだだっ広いラスボスエリアのリノベーション。

とはいっても、まさかこんなダンジョンの最下層に業者を呼ぶわけにもいかない。

「メカニー、普段の生活はどうしたらいいんだ？」

『はい？』

「いやいや、このフロア、どう考えても住居としては使えないだろ？」

『……住居、ですか。以前のラスボス様が使われていた休憩室でしたら、宝物庫から玉座を挟んで右側の壁にございます』

つまり、居住エリアは特に用意されていない、と。

まあ休憩室でもないよりマシか。

オレはメカニーに言われるまま、壁を探ってみる。

すると壁に、先ほどと似た黒い石が埋まっている部分を発見した。

「あった。これか？」

石に触れると壁の一部が消え、その先に広い部屋が現れた。

少し埃臭《ほこり》いが、部屋には立派な椅子とテーブル、大きな棚、ソファ、それからベッドまで揃《そろ》っていた。

床には高そうな絨毯も敷かれていて、しばらく暮らす分にはまったく困ることはなさそうだ。

が、食料や衣類、日用品などのこまごまとしたものは見当たらない。

「……というか、買い物はどうするんだ？」

『ダンジョン内には、蒼太様が簡単に倒せる弱い冒険者やモンスターがうろうろしています。適当に襲って強奪すればよいかと』

「そんなことできるかっ！　オレの快適ライフ計画が台なしになるだろ！」

くそ……こいつ案外使えない！

まあラスボスのガイド役だしな！！！

何か使えそうなスキルは――。

「そうだ、【探知】ってのがあったよな。まずはこれでダンジョン内の様子を探って、それから良さそうなポイントがあれば【転移】で――」

スキルの使い方は、不思議とすんなり分かった。

先ほどのインストールには使い方も含まれているらしい。

「おおお、すげえ！　ダンジョン内の様子が手に取るように分かる！」

が、しかし。

ダンジョンはどこまでいってもダンジョンでしかなく、めぼしいものは何一つ見当たらない。

ところどころに宝箱も設置されているが、今欲しいのはあくまで飲料水と食料だ。

マンガや小説ではモンスターを食べて生き延びる展開もあるが、ただの会社員だったオレにはそんなこと到底できない。

生き延びるために冒険者を襲うか？

いやいや、そんなことをしたらすべてが終わってしまう。

それなら――外に出るしかないな！

「メカニー、ラスボスに挑む冒険者ってどれくらいの頻度で来るんだ？　冒険者が来た時にオレがいなかったら困るよな？」

『ラスボス不在の場合は、入り口の鉄扉は開きませんのでご安心ください。それに、ここは地下三十二階層です。ここまで来られる冒険者はそういません』

「ダンジョン踏破って、けっこう難易度高いんだな……。というかオレ、実は結構ヒマ？」

まあでも、時間があるのはありがたい。

幸い今は、一番頑張っている冒険者でも地下十二階層付近をうろついていて、しかも引き返そうとしている……ように見える。

当分ラスボスエリアにたどり着くことはないだろう。

「メカニー、ダンジョンの外に食料調達しに行くぞ！」

『……かしこまりました』

ダンジョンから出るなら、金貨と何か使えそうなアイテムを持っていこう。


オレは宝物庫へと戻り、スキル【鑑定】を使って財宝を一つ一つ確認する。

「さすが、ダンジョン最下層のラスボスエリアにある財宝だな。どれもこれも、チート級のアイテムばっかじゃねえか」

『ここにたどり着く冒険者は、百戦錬磨の手練《てだ》ればかりです。当然装備品も、高級品や伝説級のものしかありません』

「そ、そっか。まあラスボスだしな」

つまりここにあるアイテムは、ラスボスに敗れた冒険者たちの遺品ということか。

そう思うと勝手に使うのは忍びないな。

でもまあ、オレはオレで死にたくないし。

ここは大人しく使わせてもらうことにしよう……南無……。

オレは財宝の中から、念のための資金として金貨を百枚、それから護身用に《認識阻害ローブ》と《龍の短剣》をアイテムボックスへ収納した。

ちなみにシステムやアイテムの使用は、ステータス画面に表示されるアイテム一覧から選んでもいいし、メカニーに頼んで出してもらうこともできるらしい。

どうやら異世界でもＡＩのような技術が発達しているようだ。

「――ん？　これは何だ？」

宝物庫を漁《あさ》っていると、大きな麻袋を二つほど発見した。

縛ってある口を開けると、中には何やら小さな箱が大量に入っている。

『その箱は食料です』

「え？　は？　カロ○ーメイトみたいなやつか？」

『そのカロなんとかは分かりませんが、一本で一食分の栄養が摂《と》れるように作られています』

「な、なるほどそんなものが……」

オレは試しにひと箱開けて、中身を食べてみることにした。

箱も劣化していないし、しけっている様子もない。匂いも大丈夫そうだ。

恐らくそんなに古いものではないだろう。

そう思ったのだが。

「――まっず⁉　え、何だこれ⁉」

その転生前の世界にあった某携帯食のような食料は、味がないくせにえぐみだけはしっかり残る、パッサパサでひたすら食べにくい代物だった。

いったいどうしたらこんなまずいものが作れるのか。

『この世界ではごく一般的な食料です』

「はあ⁉　みんなこれを食べて生活してんのか？」

『はい。このコンフードと呼ばれているもの以外は、貴族の贅沢品《ぜいたくひん》です』

き、聞いてないぞ女神いいいいいいいいいいいいいい！！！

「ま、まあいいや。飢えて死ぬよりはマシか。ダンジョンの外がどうなってるか分からないし、とりあえずこれも二箱ほど持っていこう」

ダンジョンから出て街に行けば、おいしいものがいくらでも手に入ると思っていた。

しかし、そう簡単にはいかないらしい。

食材が手に入らなかったらどうしよう。

スキルの選択、間違ったかな……。

というか異世界転生者って、もっとこう勇者っぽい感じに王城で歓迎されて、親切にレクチャーされるもんじゃないのか⁉

そうじゃなくてもせめて地上で平和にスローライフとか！

なんで敵キャラで、しかもダンジョン最下層を支配するラスボスなんだよ！

誰か助けて！！！

◇◇◇

「キュイイイイ！」

「お、オレが誰だか分かってんのか？　このダンジョンのラスボスだぞ！」

ダンジョンから出ようと試みて、とりあえずダンジョンの一階に転移したところ。

なんとそこには、野生のモンスターがいた。

青く透き通ったぷにぷにとした体を持つこのモンスターは――。

『スライムです』

「知ってる！　いや見たのは初めてだけども！　でも何となく分かるよ！　そんなことよりどうしたらいいんだこれっ」

目の前にいるのは、一体のスライム――ではなく。

なんと十体も同時に現れたのだ。

しかもそのうち一体はやたらと大きく、百七十五センチあるオレの身長の半分はある。

一応武器は持ってきたが、いざモンスターと遭遇すると、ちょっとした動きでとびかかってくるんじゃないかと怖くて動けない。

――くっ。こんなことなら《認識阻害ローブ》着てくるんだった。

「メカニー、こいつらいったいどうしたr」

メカニーの指示を仰ごうとしたそのとき。

十体のスライムたちが、一斉に襲い掛かってきた。

――だ、駄目だ、間に合わない。

転生したばかりだというのに、また死ぬのだろうか？

しかもスライムに殺されて。

………………そう思ったが。

『スキル【料理】を発動しますか？』

「はあっ⁉　ちょ、おま、今そんなこと言ってる場合じゃ」

いやでも、もう時間がない！

何もしないよりは、もしかしたら時間が稼げるかもしれないし！

「ああもう！　します！　してください！」

やけくそになって、そう叫んだ次の瞬間。

スライムたちは真っ白な光に包まれ、その場にポトポトと――いや、正確にはコロコロと転がり落ちた。

「――は？　え？」

下を見ると、そこにはスライム――だったはずの、干からびて小さくなった半透明の塊が十体分散らばっている。

な、なんだこれ？

『スキル【料理】により、スライムから【スルメ】を生成しました』

「はあああああああああああ⁉」

相変わらず感情の欠片《かけら》もない無機質な音声で、メカニーが淡々と説明する。

「す、スライムの干物……ってことはつまり、これは食料なのか？　というかオレ今何もしてないんだが？　これどうやって倒したんだ？」

『スライムは雑魚モンスターですので、ラスボスである蒼太様の魔力に当てられて勝手に死にました。それをスキル【料理】で干物に』

「そ、そんなことできるなら先に言え！！！」

まったくこっちは死ぬ覚悟までしたんだぞ！

まあでも、とりあえず生き残れてよかった……。

というか、そういやさっきこいつ【スルメ】って言ったよな？

「この世界では、スライムの干物をスルメっていうのか？」

『いえ。このスキル【鑑定】は蒼太様専用ですので、蒼太様に分かりやすいよう自動的に翻訳されます』

「お、おう。つまりオレに説明するのに、一番適切なのが【スルメ】だったと」

『はい。ご試食されては？』

――こ、このさっきまで動いていたスライムをか？

いやでも、たしかに言われてみれば匂いはスルメだな。

さっきまで青かったのに今はスルメみたいな色をしてるし、触った感触もまんまスルメだ。

ここはもう転生前の世界とは違うわけだし。

そう文句ばかりも言っていられない――か。よし。

オレは持ってきた《龍の短剣》で【スルメ】を薄く切り分け、端っこをかじってみた。

「………うん。完全にスルメだな！」

『はい』

――あれ、でも待てよ？

さっきこいつ、「コンフードと呼ばれているもの以外は、貴族の贅沢品」って言ったよな？

こんな雑魚モンスターからも簡単に食料が生成できるのに、なんであのまっずいコンフードしか手に入らないんだ？　実はスライムが貴重なのか？

『スライムもほかのモンスターも、体の隅々にまで毒があります。ですので普通の人は食べられません。この世界の食品は、総じて毒抜きが非常に難しいのです』

「…………は？」

オレ今、食べちゃったんですけど⁉

『蒼太様が持つスキルはラスボス仕様の特別なものです。蒼太様が常時オートで発動しているスキル【特殊効果無効】と【浄化】によって、対象に触れるだけで毒は自動的に消滅します』

――なるほど⁉　よく分からんが、まあ解毒されて害がないならよかった。

「……にしてもうまいな、このスライムスルメ」

栄養のことを考えると現状はコンフードも必要だろうが、個人的には【スルメ】を積極的に食べていきたい。元々好きだしな、スルメ。

乾物だから持ち運びにもちょうどいいし、出汁《だし》も取れそうだ。

オレは残り九体分の【スルメ】もすべて回収し、切り分けた残りと一緒にアイテムボックスに収納して、先へ進むことにした。

第二章　ラスボス、冒険者を救う（一回目）

ダンジョン内をしばらく歩くと、外から光が差し込んでいる場所が見えた。

どうやら入り口に着いたらしい。

なんと、入り口付近に冒険者らしきグループがいる。

「メカニー、人が！　人がいる！」

――なんて喜んだのもつかの間。

その冒険者たちは、何やらトラブルに見舞われているようだった。

「なんかあったのかな」

『誰かが負傷しているようです』

「え――」

ラスボスであるオレが近寄ってもいいものかは分からないが、どちらにしてもあそこを通らなければ外には出られない。

スキル【転移】を使う方法もあるけど――。

「……あ、あの、どうかしましたか？」

「!?　あ、あんたは？　冒険者か？　見かけない顔だな」

「え、ええまあ。最近冒険者になったばかりで」

「そ、そうか。実は見てのとおり、仲間がモンスターにやられてな。傷がひどくて回復薬が足りないんだ。街までは遠いしＭＰも切らしてて、このままでは――」

倒れて気絶している女性は顔色も悪く、脇腹を大きく負傷していてかなりひどい状態だった。

な、なるほどこれは……。

いったいどうしたらいいんだ？

回復薬――は持ってないし、ＭＰは使い方が分からない。

となると、残るはスキル【再生】か。使ったことないけど。

でも使用方法はインストールされて頭に入ってるし、きっと大丈夫なはず……。

「あんたも初心者ならさっさと逃げたほうがいい。つかなんで初心者のくせにこんなとこにいるんだ？　ここは最難関ダンジョンだぞ！　普通なら雑魚なはずのスライムすらめちゃくちゃ強い」

――――は？

「え、ええと、このダンジョンが最難関？」

「そうだ。そんなことも知らずによく生きてられたもんだな。俺らはもう十年近く冒険者やってるベテランだ。それでもこのザマだ。悪いことは言わない、さっさとここから去れ」

冒険者の一人が荒々しくも親切に教えてくれた事実に、驚きで言葉が出てこない。

それってつまり、オレは最難関ダンジョンのラスボスに転生したってことか？

もしかして、さっきオレが食ったスライムってこいつらを……。

いや、今はそんなことを考えてる場合じゃない。

「と、とりあえずスキルで治療しますね」

「――は⁉」

……え？　なんだ？

早くしないと手遅れになるかもしれないし、さっさと治療したいんだが。

「とにかく治療します！」

オレは血を流して倒れている女性に手をかざす。そして。

脳内で「スキル【再生】」と唱えて傷が治る様子をイメージする。

十秒もすると、深く抉《えぐ》れていた女性の脇腹はみるみるうちに再生し、悪かった顔色もだいぶ回復し始めた。

苦しそうだった表情も和らぎ、今はすうすうと寝息を立てている。

――よし、こんなもんか。

あってよかった【再生】！

今ばかりは、このスキルを選んでくれたあの女神に感謝だな……。


「――ん、んん」

「アルマ！　おい、アルマが目を覚ましたぞ！」

「……わ、私、あれ？」

アルマはゆっくりと起き上がり、深手を負っていた脇腹を触り、見て、それから不思議そうに辺りを見回している。

さっきは余裕がなくて気づかなかったが、長く美しい赤い髪をポニーテールにしたアルマはとんでもない美人だった。

髪と同じく赤い色をした瞳《ひとみ》に、吸い込まれそうになる。

「こいつが治してくれたんだ」

「あの傷をこんな綺麗《きれい》に⁉」

「その……治癒系のスキル持ちらしくてな」

「⁉」

……あれ、スキルってもしかして、全員が持ってるもんじゃないのか？

この世界でのスキルの位置づけが分からない。

『この世界でスキルを持っているのは、人口全体の５パーセント程度です』

メカニーは、さらっととんでもないことを言ってのけた。

先に言えよ！　思いっきり使っちゃっただろ！

ちなみにメカニーの言葉は、オレ以外には聞こえないらしい。

「こ、こんな貴重な力を初対面の私のために使ってくださるなんて……本当に、なんとお礼を申し上げたらいいか」

「ああ。俺たちではアルマを助けられなかった。ぜひとも何か礼をさせてくれ」

アルマという女性を含めた冒険者たちは、口々にお礼を言って頭を下げた。

……お礼って言われてもな。

街に行くにしてももう少しこの世界のことを探りながら行きたいし、お金にも困っていない。

食料も、コンフードしかないならもらっても意味がないし、そもそも貴重な食料をもらうわけにはいかない。

「いやあ、偶然通りかかっただけなので気にしないでください」

「そんな、あなたは私の命の恩人です！」

「皆さんがこのまま元気に帰ってくれることが一番嬉《うれ》しいですよ。ダンジョンの外は森ですし、モンスターもまだまだ出るでしょうから。お気をつけください」

ようやく出会えた人間と別れるのは少し寂しい気もするが。

しかし今の状況で誰かと関わるのはリスクが高すぎる。

さっきのスキルみたいに、うっかり使った何かが実はチートでした、なんてことが重なれば、オレがラスボスだとバレてしまうかもしれない。

早いとこ撤退してくれないかな……。

「…………もしかして、どこかのお偉い聖職者様がダンジョンの浄化にいらっしゃったのでは？」

「はは、だとしたら、僕たちすごい無礼者ですね。ベルンなんてさっきから完全にタメ口ですよ」

ずっと黙ってこちらを見ていた水色の髪の魔導士（っぽい格好をした少女）が、ぽそっと隣にいる緑色の髪の男に耳打ちし、二人でこちらの様子を窺《うかが》っている。

聖職者——だったらよかったよな。

でも、残念ながらラスボスなんですごめんなさい！

ベルン、というのは、恐らくオレに積極的に話しかけてくるこのツンツンオレンジ髪の男のことだろう。

がっしりとした体格や今の雰囲気から察するに、多分こいつがこのパーティーのリーダーだ。

「……それにしても、こんな最難関ダンジョンに大した装備もなく入って無傷なんて、あんたいったい何者なんだ？」

「え、ええと、すみません少し訳ありでして」

「そうか。まあ冒険者なんて訳ありの連中ばかりだしな。余計なことを聞いて悪かった。とにかくありがとう。俺らはアース帝国の冒険者ギルド《ブレイブ》に所属している冒険者だ。何かあったらいつでも声かけてくれ」

ベルンはオレに握手を求め、そしてほかのメンバーを引き連れて去っていった。

本当なら無事帰れるよう見守りたいところだが、相手はベテラン冒険者だ。

オレみたいな世間知らずでは、逆に足を引っ張ることになるかもしれない。

チートスキル持ちとはいえ、戦闘になったらオレにできることは何もないし。

さっきのスライムみたいに都合よく死んでくれるとは限らないしな。

――そんなことより。

今は食料だ食料！

スルメもうまいけど、これだけじゃ腹は膨れないし。

ずっとコンフードで生きていくなんて絶対に嫌だ。

◇◇◇

「――本当だ。食べられそうな植物もたくさんあるけど、ことごとく毒があるな」

ダンジョンの外に出たオレは、周囲に広がる森の様子をスキル【探知】と【鑑定】で探ってみることにした。

『はい。ですので一般市民は手を出すことができません。これらを食するには、高度な解毒スキルが必要となります』

「そういやMPがあるってことは、スキルとは別に魔法もあるんだよな?」

『はい。スキル持ちは5パーセント程度しかいませんが、魔力持ちは、使用できる属性や量を問わなければ70パーセントほどだと言われています』

――なるほど。

つまり魔力持ちは、スキルで賄えない部分を魔力で補うスタイルなのか。

でも、それすらできない残りの30パーセントは……。

『スキルも魔法も使えない30パーセントの人々は、多くは奴隷として売買されたり、大変な肉体労働や貧しい暮らしを強いられたりしています』

「……やっぱりそうなるよな」

さっき助けた冒険者の中に、一言も話さなかった少女がいた。

その銀髪の少女は、一人だけやたらと重そうな荷物を背負わされており、ほかのメンバーから少し離れたところに立っていた。

そして誰も少女と言葉を交わそうとしなかったのだ。

まるでほかの四人に少女のことが見えていないような、そんな違和感があった。

「……なあ、あの女の子ってやっぱり」

『はい。魔力なし、通称ノーアビリティと言われている人間です』

まんまだな！

――っていや、そうじゃなくて。

「70パーセントが魔法を使える世界で魔力なしというのは辛《つら》いだろうな……」

オレは食料を探しながら、その銀髪の少女のことがずっと頭から離れなかった。

◇◇◇

「――よし、こんなもんか！」

ダンジョンの周囲を回っただけだが、それでもかなり多くの食料を調達することに成功した。

最初に入手した【スルメ】に加え、【セリ】【たけのこ】【山芋】【林檎《りんご》】【桃】【ラズベリー】【ブルーベリー】【岩塩】、それからスライムの時と同じく、突然襲い掛かってきて勝手に死んだ鳥のようなモンスターから【鶏肉《とりにく》】も手に入れた。

とりあえず、これだけ手に入れれば上出来だろう。

「日も傾いてきたし、今日はもうダンジョンに戻ってゆっくりするか」

スキル【料理】も極めたいし。

入手した食材をアイテムボックスにしまい、ダンジョンへ戻ることにした。

「周囲を把握したいし、歩いて帰ろう」

『かしこまりました』

この体、不思議なくらい疲れないし！


「今日の夕飯は何にしようか」

『私は食事を必要としませんので分かりかねます』

「なんかレシピ候補とかないのかよ……」

『申し訳ありませんが、そういった機能は搭載されておりません』

「おまえ結構ぽんこつだよな」

『私がぽんこつなのは、私のせいではありません』

「いやまあそうだろうけどさ……」

メカニーと、そんなどうでもいいやり取りをしながら歩いていたその時。

「グォオォォオオオオオ！」

突然、モンスターの唸《うな》り声が聞こえてきた。

周囲を見回すと、少し離れた位置にある木に向かって吠《ほ》えている、巨大猪《いのしし》のようなモンスターがいた。

そして、そこには……。

「あれは――」

そこにいたのは、さっきの銀髪の少女だった。

周囲には、破れた巨大なリュック、それから多数のアイテムが散らばっている。

少女は木の幹に張りつき、ガクガクと震えていた。

モンスターは大きな猪のような見た目をしていて、今にも襲い掛かりそうだ。

その様子を見て、オレは考える前にその場に向かって飛び出していた。

スライムもさっきの鳥も、オレに触れる前に勝手に死んだ。

だったらあの猪だって、もしかしたら。

それは無理だったとしても、少女を助けるくらいはどうにかなるかもしれない。

というか、どちらにせよ見殺しになんかできない。

「――だめだ、間に合わない」

オレは足元に落ちていた大きめの石を拾い、注意をこちらに惹《ひ》きつけるべく巨大猪に向かって思い切り投げつけた。

「こっち見ろおおおおおお！」

そう願い、叫び、思い切り投げた――のだが。

石は巨大猪の頭を貫通。

同時に首から上が吹っ飛んだ巨大猪の胴体も、数メートル先の木まで飛ばされてしまった。

近寄って様子を見るも、当然ぴくりとも動かない。

そして相変わらずの。

『スキル【料理】を発動しますか？』

……え、ええと。

まあ、うん。はい。します。

オレは食材【豚肉】と化した巨大猪、もとい巨大豚の肉をアイテムボックスにしまい、少女のもとに戻った。

「あの、ええと……だ、大丈夫？」

「──っ⁉　え、えっと、あのっ」

銀髪の少女は呆然《ぼうぜん》とした様子でオレを見ている。当然だろう。

──こ、怖がらせちゃったかな。

というかむしろ、自分で自分が怖い。なんだこの馬鹿力。

「あの……ご、ごめん。怖がらせるつもりはなかったんだ。ただその、助けなきゃと思って、ですね……」

「…………わ、私を、助けてくれたんですか？」

「まあ一応。というかほかのヤツらはどこ行ったんだ？」

「冒険者様たちは、先に街へ向かいました」

──なるほど？

それってつまり、逃げたってことか？

こんな何の力も持っていない少女をおとりにして？

「──はっ！　に、荷物が……。こんな、帰ったらどれだけお仕置きされるか……」

少女はその場にへたり込み、荷物を見つめて涙をにじませる。

「いや、君はおとりになって他のヤツらを守ったんだろ？」

いくら奴隷とはいえ、それで酷《ひど》い目に遭わされるなんてあんまりだ。

「？　あなた様は先ほど冒険者とおっしゃっていましたが、この国の方ではないのでしょうか……。私は元々、荷物持ち兼おとり用として買われたノーアビリティの冒険者奴隷です」

「……そう、か」

「なのにこんな、こんな取り返しのつかないことを……。鞭打《むちう》ちだけでは済まないかもしれません……。もういっそこのまま……」

少女はぼろぼろと涙を流し、絶望した様子で自らを抱いて震えている。

よく見ると、あちこちに鞭《むち》で打たれたような痕《あと》があった。

「……君、名前は？」

「な、名前ですか？　名前は忘れさせられたので分かりませんが、シロと呼ばれています」

「忘れさせられた？　どういうことだ」

「奴隷は、売られると同時に名前を失います」

そんな、そんなことって……。

どうやらオレは、とんでもない世界に転生させられてしまったらしい。

今どき公認の奴隷制度とか、しかも名前まで奪われるとかそんなんアリかよ……。

「シロって呼ぶのは本意じゃないけど、今はとりあえずごめん。シロ、オレと一緒に来ないか？」

「えっ？　で、でも、私は冒険者様の所有物で……あなた様が私を所有していると知られれば、あなた様も罪に問われてしまいます……」

そうか。まあ、奴隷の所有が法的に認められてる世界だもんな。

オレはどうせラスボスだし、そんなことはどうでもいいけど。

でも、シロの身に危険が及ぶ可能性は排除しないといけない。

「君が奴隷だと証明するものは？　何かあるのか？」

「胸元に、魔術で刻まれた契約の刻印があります。私が生きていることが分かれば、すぐに帰還命令がくだると思います。私はそれに逆らえません」

「胸元……」

また見せてって言いづらいところに！

い、いやでもこれは、こいつを解放するために必要なことだし！

決してやましい気持ちはない！

「……ええと。その刻印、見せてもらっても？」

「？　はい」

シロはこちらを向いて正座をし、服の襟元をぐっと下げる。

そこには、何やらよく分からない直径五センチほどの、魔法陣のようなものが刻まれていた。

というか！　正座してそんなことしたら別なとこまで見えちゃうから！

いや見てはないけど！

シロのこれは、単に無防備なのか、それとも――。

――でもまあ、とりあえずこれで。

『はい。刻印は解除可能です』

よし！！！

「……先に確認したい。もし何のしがらみもなく自分の道を選べるとしたら、シロはオレと一緒に来たいか？　どう答えても怒らないし、絶対にひどいこともしない。だから本心で答えてくれ」

「…………分かりません。でも、あのお方のもとに戻るのはとても怖いです」

　まあそうか。

　会ったばかりの男に「一緒に来たいか？」なんて聞かれても困るよな。

　オレが良いヤツとは限らないわけだし。

　それにシロには行く当てもないだろうし、さっきの冒険者たちのところへ帰ればひどい仕打ちを受けるのだろう。

　そんな中で選択を迫るのは、酷かもしれない。

「……分かった。じゃあ、提案がある」

「提案、ですか？」

「実はオレ、ちょっと訳ありでさ。一人ぼっちなんだ。だからもしよかったら、オレと一緒にいてくれないかな。一日だけでもいいし、シロが嫌じゃないならずっといてくれてもいい」

「え、ええと」

「その代わり、一緒にいてくれるならオレがシロを守ってやる」

　守ってやる、なんて、この世界に転生したばかりで何も知らないオレが言っていいことかは分からないけど。

　でもオレは、どうせ存在自体が悪役なのだ。

　しかも最難関ダンジョンのラスボス。

　それは多分覆せないし、もしオレが放棄したことで新たなラスボスが召喚されたら、この世界がどうなるか分からない。

だからオレは、この世界のためにも自分のためにも、ラスボスをやめるわけにはいかない。

それにやっぱり、こんな世界に無一文で放り出されるのは困るしな！

「……私はノーアビリティの役立たずです。あなた様はとても強いですし、私なんかがいても足手まといなだけなのでは？」

「うん？　分かってないなあ。いいか、可愛《かわい》い女の子は存在がすでに正義なんだよ。もっと自信持て。……それに、一人ぼっちは寂しいだろ？」

「………………」

シロはしばらくぽかんとした様子でこちらを見ていた。

我ながら最低の気持ち悪さだとは思ったが、どうしてもシロを冒険者のもとに帰す気にはなれなかったのだ。

——やっぱりオレなんかが相手じゃ無理か？

そんな思いがちらつき始めたそのとき。

「………その、私でよければ、ぜひ」

シロはうつむいて赤面し、困惑しつつも、ぼそっとそうつぶやいた。

今のこいつにとっては、これが精一杯のアピールなのだろう。

「よし、よく言った！　それじゃあ——」

オレはシロの胸元に手をかざし、スキル【特殊効果無効】を発動した。

それと同時に、【浄化】と【再生】も。

──頼む。こいつを奴隷から解放してやってくれ。

そう念じながら静かに優しく力を送る。

しばらくすると、シロの胸元にあった刻印は次第に薄くなり、そして跡形もなく消え去った。

それと同時に鞭の痕も消え、汚れていた服や肌、髪の毛も美しく再生していく。

「──っ⁉　こ、刻印が……！　それに傷も──」

「……これでよし！　君はもう奴隷じゃない。自由の身だ」

「──っ。あ、ありがとう、ございますっ。こんな、私、一生奴隷なんだと思ってたのに……」

シロはそう言って泣き崩れた。

まるで幼い子どものように、声を上げてわんわん泣いている。

今までどれだけ辛《つら》い目に遭ってきたんだろう？

まだ子どもなのに、オレには想像もできないような苦痛と恐怖の中で生きてきたんだろうな。

その分、一緒にいられる間だけでも、オレがこの子を大事にしてやらないと。

名前は何にしよう？

あとはうん、とりあえず帰って飯だな！

一連のトラブルによる心労、それからスキル使用によるＳＰの消耗で、空腹感が一気に増していった。

「君も腹減ってるだろ？」

「えっ？　え、ええと……」

ぐうううううう。

「――っ！　あっ、その、ご、ごめんなさい……」

「食欲があるのはいいことだぞ。とりあえず食材はだいぶ揃《そろ》ったし、いったん帰るか」

◇◇◇

シロを連れて転移した先は、ダンジョンのラスボスエリア――の奥の休憩室。

さすがに、最初に連れて行かれるのがあのだだっ広いラスボスエリアでは可哀想《かわいそう》だしな。

シロは何が起こったのかと混乱した様子でぽかんとしている。

――スキル持ちは人口全体のたった5パーセントらしいし、スキル【転移】を体感したことがなくても何もおかしくはない、か。

休憩室は休むには何かと便利だし、寝泊りする分には快適だが。

残念ながらキッチンはついていなかった。

まあ、ラスボスが自ら料理するなんて、普通は考えにくいよな。

オレだって、自分が冒険者側ならそんなラスボスは想定していないだろう。

「シロ、悪いけど、少しここで待っててくれるか？」

「し、承知しました……」

オレはシロを奥の部屋へ残し、ラスボスエリアの大広間へ向かう。

そして今日手に入れた食材を、宝物庫にあった適当なマントの上に広げた。

今あるのは、【スルメ】【セリ】【たけのこ】【山芋】【林檎《りんご》】【桃】【ラズベリー】【ブルーベリー】

問題は何を作るかだけど――。

【岩塩】【鶏肉《とりにく》】【豚肉】。

「……うん。よし、決めた！」

『簡単な調理器具は、スキル【料理】の特典に含まれています。出しますか？』

「特典⁉　そんなんあるのか便利だな！　もちろん出します！」

『承知しました』

メカニーはそう答えると、大きめの鍋《なべ》、片手鍋、フライパン、まな板、包丁、木べら、お玉、泡立て器、ボウル×三個、ザル、箸《はし》×十組、スプーンとナイフとフォーク×五組、お皿×十枚、小皿×十枚、お椀《わん》×十個、カップ×十個、グラス×十個、金網、薪《まき》×十束、焚《た》き火《び》台を出してくれた。

「特典めちゃくちゃ豪華だな⁉」

これだけあれば、一気に料理がしやすくなるぞ！

でもここまで用意してくれるなら、もういっそキッチンでよかったんじゃないか説もあるけど。

何だろう、これを用意した神様（？）はRPG感を出したかったんだろうか……。

『蒼太《そうた》様は全属性の魔法が使えます。火や水などは魔法が便利かと。使い方は初級魔法のみインストールしておきました。サービスです』

「えっ？　お、おう。ありがとう……」

人の脳に勝手にインストールするな！　と言いたいところだが。

しかし実際使えないと困るので、仕方なく今回は不問とすることにした。

「ええとまずは……」

まずはスルメを薄く短冊状にカットして少量の水に漬けておく。

その間にセリと山芋を洗い、山芋は皮をむいて、どちらも食べやすくカット。

油——はないから、豚肉の脂身を少し切ってそれを使うか。

焚き火台に薪をセットして火をつけ、フライパンに脂身を投入し、脂が溶け出るまで加熱する。

そこにセリと山芋を加えて炒《いた》め、スルメを戻し汁ごと投入、岩塩で味つけして水分を飛ばせば——。

「できたあああああ！　スルメとセリ、山芋の塩炒《しおいた》めの完成！！！」

毒——はちゃんと抜けてるみたいだな。よし！

問題は味だけど……。

「うっっっま！！！」

味見にと口に運んだ途端、口の中にぶわっと超絶完成度の高い味が広がった。

え、何だこれ？　オレ料理こんなうまかったっけ⁉

味つけは塩のみとシンプルだが、スルメの出汁とセリのほろ苦さを含んだ風味が絶妙なハーモニーを奏でている。

むしろシンプルだからこそ、新鮮な食材の持つ贅沢《ぜいたく》な味が一層引き立っていた。

豚肉の脂身を使ったのも良かったのかもしれない。

主食がないのが不安だったが、山芋を加えたことで食べごたえもありそうで、これならあのまずいコンフードに頼る必要もないだろう。

——そうだ。スルメはたくさんあるし、ついでに焼きスルメも作るか。

オレは焚き火台の上のフライパンをおろし、金網に換える。

そして水にさっとくぐらせたスルメを並べて焼いていく。

その間に炒めものを皿に取り分け、箸、それから一応フォークも用意して。

最後に焼きスルメと削った岩塩を別皿に盛ったら完成だ。

……シロ、気に入ってくれるといいな。

メカニーから聞いた話とシロの置かれた状況を考えると、恐らくコンフード以外の食事は初めてのはず。

き、緊張する……。


「シロ、お待たせ」

「!? え、えっと、これはいったい……」

「スルメとセリ、山芋の塩炒めと、焼きスルメだ」

水を入れたグラスとともにテーブルに並べると、それなりに良い感じの見た目になったように思う。だが。

「…………」

シロは青ざめ、震えていた。

「あ、の、助けていただいたのは感謝しています。でも、私はスキルどころか魔力もないノーアビリティです。こんなにたくさんの毒を摂取したら、きっと死んでしまいます……」

「あ、ごめん。これ毒ないから大丈夫だよ。……ほら」

オレは先に自分が食べてみせ、解毒されていることを伝える。

まあ本当は、オレに毒は効かないけど。

でも、安心させる方法がこれくらいしか浮かばない……。

シロは、オレが料理を口に入れる瞬間、怯《おび》えたような絶望したような目をしていたが。

オレに何も起こらないのを確認すると、次第にお皿に盛られた料理に興味を持ち出した。

「……あなた様は、いったいいくつスキルをお持ちなのですか？　い、いえでも、こういう料理は貴族様が特別な日に食べるとても高級なものだと聞きました。こんな、私のような冒険者奴隷が口にしていいものでは……」

「シロはもう奴隷じゃないよ。それに、せっかく作ったのに食べてもらえないのは悲しい。口に合わなかったら残してもいいから、とりあえず一口だけでも食べてみないか？」

「…………ほ、本当にいいんですか？　あとで鞭《むち》で叩《たた》いたり、しませんか？」

「しないから安心してくれ」

こんないたいけな少女を鞭で叩くなんて、そんな鬼畜趣味はオレにはない。

――でもまあ、そういうのが日常だったんだろうな。

「で、では、いただきます……」

シロはフォークで少しだけすくって、恐る恐る口へと運ぶ。

そして――。

「――――――っ！！！？」

食べた瞬間、驚いたように目を見開き、キラキラと輝かせて、オレとお皿を交互に見る。よほど気に入ったのだろう。

喜びが伝わってきて、見ているこっちがニヤニヤしてしまいそうだ。

「な、なんだか口の中が幸せですっ！　不思議な感覚ですっ！」

「――えっ？」

――ああ、そうか。

シロの中には「おいしい」という概念がないのか。

「それは、おいしいっていうんだ」

「お、おいしい……。これはおいしいって気持ちなんですね！　おいしいですっ！」

シロはそう言って黙々と食べ続け、あっという間に完食してしまった。

その後、焼きスルメも二人でたくさん食べた。

「こんな、こんな幸せを私なんかにくださって、本当にありがとうございます。私、役立たずですが、荷物持ちでも夜のお相手でも、できることなら何でもさせていただきます。ですからどうか、これからも私を傍《そば》に置いていていただけないでしょうか……」

シロは椅子から立ち、オレの足元に土下座してそう懇願してきた。

「心配しなくても捨てたりしないよ。だから顔を上げてくれ。というか夜のお相手って」

シロは、どう見ても十代前半くらいの見た目をしている。

それなのに。

「私はノーアビリティです。それくらいしかできません」

悲しそうに笑うシロを前にして、オレは目頭が熱くなるのを感じた。

胸が苦しくなり、うっかり泣いてしまいそうになる。

泣きたいのはきっとシロの方なのに、オレが泣いてどうするんだ……。

「……シロの気持ちは分かった。ありがとう嬉《うれ》しいよ。でもその前に、君に話しておかないといけないことがある」

オレは溢《あふ》れそうになる涙をぐっと抑え込み、シロにそう告げた。

そう、オレはまだ、シロに何も話していない。

ここがいったいどこなのかも、オレが何者なのかも。


「……とりあえず、これ食べながらオレの話を聞いてくれ」

「……こ、これは?」

「桃だよ。甘くておいしいから食べてごらん」

「は、はい。いただきます……」

シロは【桃】を口に入れ、その甘さと瑞々《みずみず》しさに酔いしれる。

全身から溢れているおいしいオーラが子どもらしくて可愛《かわい》い。

「……あのな、シロ。落ち着いて聞いてほしいんだけど。実はオレ、さっきの——君と初めて出会ったダンジョンのラスボスなんだ。ああでも、別な世界から強制的に連れて来られただけで敵意はまったくないんだけど」

「……そ、それってつまり、この世界最強のラスボスってこと、ですか?」

「あー、まあ、そういうことになるのかな。たぶん」

実際どうかは知らんけど。

「す、すごいっ！　かっこいいです！」

「────へ？」

「だからお強かったんですね？　モンスターから助けてくださった時、私、びっくりしたんです。だってあのモンスター、最高ランクの冒険者様四人が逃げ出すくらい強かったんですよ？　それを石一つで倒しちゃうなんて────！」

あ、あれ？

なんかこう、もっと怯えるとか拒絶するとか、そういう反応を見せると思ったんだけど。

「あの、オレのこと怖くないのか？　ラスボスだよ？」

「でも、私のことを助けてくれた、とっても優しいラスボスですっ！」

シロはそう、まっすぐで好意的な笑顔をこちらに向ける。

「……そ、そうか。ちなみにここは、ダンジョン最下層にあるラスボスエリアだ」

「ラスボスエリア⁉　あの、魔力持ちやスキル持ちの冒険者様でも到達率1パーセント以下と言われている、あの⁉」

シロは目をキラキラとさせ、羨望《せんぼう》の眼差《まなざ》しでオレを見ている。

なんか思いのほか嬉しそうだな⁉

オレよりよっぽど肝が据わってる気がする……。

「あ、ああ、そう、かな？　挑戦者も滅多に来ない超難関らしい」

「じゃあ私、今そんなすごいところにいるんですね。えへへ」

あ、あれー？

「……ええと、まあ話ってそれだけなんだけど。シロはこの話を聞いて、オレと一緒にいるのが嫌になったりは」

「？　しません」

ですよね！　そんな気がした！

まあよかったけど！！！

「じゃあこれからよろしくな。……ああそうだ。一緒にやっていくなら自己紹介しなきゃな。オレは小鳥遊《たかなし》蒼太だ。蒼太でいいよ」

「ソ、ソータ様」

「うん。で、君の名前も考えたい。何か希望はあるか？」

「ソ、ソータ様にいただける名前なら、何でも嬉しいです」

な、なんだこのうずうずと気恥ずかしい、全力で抱きしめたくなる感じは！

可愛いがすぎる！！！

もじもじしながらも一生懸命応えてくれるシロを見て、人がいるっていいなと実感する。

一人は一人で気楽だが、こんな温かい気持ちには絶対になれない。

「うーん、なら――そうだ、リュミエはどうだ？　外国の光って意味の単語が語源なんだ」

実は、いつかペットを飼ったときにつけようと思ってた名前だけど。

まあでも、シロよりはだいぶマシだろう。

「リュミエ……ひかり……とても、とても素敵です」

「お、じゃあ今日から君はリュミエだ。よろしくな、リュミエ。一緒にいっぱいおいしいもの作ろうな！」

「！　おいしいもの！　わ、私にも作れるでしょうかっ」

「解毒はスキルによるものだから難しいと思うけど、料理自体はできるんじゃないかな。オレもまだこの世界のこと全然知らないんだ。二人でいろいろ試していこう」

「はいっ！　私、ソータ様のお役に立てるよう頑張りますっ！」

──あのリュミエを見捨てた冒険者たちは、今どうしてるんだろう？

後悔はしないんだろうか。

本気で仲間を心配していたし、突然現れたオレにも快く接してくれた。

悪いヤツらには見えなかったのに……。


事故にあって転生して、突然ラスボスを押し付けられた時は「ふざけんな！」って思ったけど。

でも、ラスボスである事実は変えられない。

それなら、オレはこの力を使って誰かを守る道を選びたい。

どうせ元々、ただの会社員だったんだ。

できることなんて限られている。全員幸せに、なんて無理な話だ。

だからまずはこの子を、リュミエを幸せにしよう。

安心して、心穏やかに暮らせるようにしよう。

名前を得て嬉しそうにするリュミエを見て、オレは自分の気持ちを改めて確認した。

──さて。

明日はどんな料理で喜ばせようかな。

第三章　生活圏、実は「死の森」

転生してラスボスになり、リュミエと出会った日から一週間。

「――よし！　できたぞ‼」

「おおおおお！」

ラスボスエリア内にキッチンが誕生した。

キッチンとは言っても、当然ここにはガスも電気も通っていない。

だからそこは魔法任せになってしまうが。

しかし自由に水を使えるシンク、火を使えるコンロ代わりの台があるだけで、利便性は大きく変わってくる。

「今は魔法任せだけど、いつかはリュミエも使えるように改良するからな」

「あわわ……魔力なしでごめんなさい……」

「気にするな。オレだって昔（転生前）は魔力なんてなかったよ。それでもちゃんと生きてこられたんだ。リュミエだって、環境さえ整えば何不自由なく暮らせるさ」

配慮がないこの世界では、魔力なし――ノーアビリティは生きることすら難しい。

野生の植物やモンスターに毒があり、買わないと食料が手に入らないのだから尚《なお》のことだ。

「ソータ様、元々はノーアビリティなんですか⁉」

「いや、オレが元いた世界には、そもそもスキルも魔力も存在しなかったんだ」

「そ、そんな世界が……」

「そんなことよりリュミエ、せっかくキッチンもできたことだし、今日はジャムを作るぞ！」

「じ、じゃむ……？」

「果物を煮込んで作る保存食だ。甘くてうまいぞー」

ちなみに砂糖は、少量ではあるが宝物庫で発見した。

恐らく貴族出身のヤツか、稼ぎのいい上位の冒険者でもいたのだろう。

砂糖が次いつ手に入るか分からない、という不安もありはする。

でも、ジャムで喜ぶリュミエの顔が見たかったし、食べさせてやりたかった。

「ええと、【林檎《りんご》】と……【ラズベリー】があったたな。この二つでいこう」

まず鍋《なべ》を用意し、林檎の皮をむいて細かく切ったもの、ラズベリー、砂糖を入れて軽く混ぜる。

「す、すでにおいしそうです……」

「あはは、少し食ってみるか？」

オレは鍋の中身をスプーンですくい、リュミエに与えてみた。

「――――っ！　甘くてすっぱくて、とってもおいしいですっ！　この少しシャリシャリしてるのが砂糖ですか？」

「ああ。出来上がりはもっとおいしいぞ」

手をパタパタさせながらおいしさを噛《か》みしめるリュミエを横目に、鍋を火にかけ、弱火～中火で混ぜながらじっくりと煮込んでいく。

あとは灰汁《あく》を捨てつつ、とろみがつくまで煮込めば完成だ。

相変わらずコンロはないから薪《まき》で火を起こしているが。

普通なら、文明の利器に慣れ切ったオレがこんな簡単に火加減できるはずない。

きっとスキル【料理】のおかげだろう。

──そう考えると、このスキル取っといて本当によかったよな。

スキルがなくてもあのコンフードよりはマシかもしれないけど。

でも、今ほどの絶品料理には絶対にありつけなかった。


「よし、できた！」

「す、すごいですっ。キラキラつやつやです‼」

周囲にはラズベリーと林檎の爽《さわ》やかで甘酸っぱい香りが立ち込め、食欲を刺激してくる。

「ほら、味見」

「⁉ よ、世の中にこんなにおいしい食べ物が存在したなんて……とろけそうです……」

リュミエは驚いた顔でこちらを見る。

そしてもっと食べたいのか、ちらちらと鍋の様子を窺《うかが》っている。可愛《かわい》い。

「はは、うまいだろ。こいつはそのままでもうまいけど、スイーツにも料理にも使えるスグレモノなんだ。でも一気食いはだめだぞ。またあとでな」

「はい……」

おかわりＮＧと聞いて露骨にしょんぼりするリュミエに、吹き出しそうになってしまった。

――よし、午後はちょっと出かけるか。

手に入れたいものもあるしな。

◇◇◇

「外の様子も、ダンジョン内と同じくらい鮮明に分かると助かるんだけど」

この一週間で入手可能な食材もだいぶ増え、ダンジョン周辺のこともかなり分かってきた。

が、スキル【探知】ではおおよその地理や地形しか分からず、植物の種類やモンスターの位置、落ちているアイテムなどの詳細な情報は、距離があるとあまり見えない。

そのため結局は自分の足で歩いて、もしくは【転移】で移動して確かめるしかない。

『ダンジョンの外は、本来ラスボスの行動範囲とは認識されていませんので』

「ほかのラスボスたちはどうしてたんだ？　ずっとラスボスエリアに引きこもってるわけにもいかないだろ？」

『ですから、ダンジョン内の弱者から略奪すればいくらでも』

「あー、うん。おまえに聞いたオレが馬鹿だったよ……」

あの女神、ほんと人選ミスにもほどがあるだろ！

なんで人間から、しかもただの会社員からラスボス選んじゃったんだよ！

ちなみにリュミエは、ラスボスエリア内に留守番させている。

だいぶ慣れたとはいえ、ここでは何が起こるか分からない。

突然モンスターが襲い掛かってくるなんて日常茶飯事だ。

オレ相手なら問題ないが、万が一リュミエが襲われれば瞬殺だろう。

それに、奴隷だったリュミエには地上に良い思い出がないらしく。

本人も外へは出たくないと拒絶している。

ダンジョン最下層にあるラスボスエリアには、当然ながら陽《ひ》の光も爽やかな風も存在しない。

本当なら、あんな場所に閉じ込めておくのはよくないが――。


リュミエは、今まで様々な冒険者たちの間で売り買いされてきたらしい。

この世界では、奴隷の所有はもちろん、個人間での売買も法で認められているらしく。

買ったもののコスパが悪いと思えば、簡単によそに売り飛ばしてしまうという。

だが、冒険者や一般庶民の生活も決して楽ではなく、奴隷に頼らなければ成功できない現実もあるらしかった。

リュミエは、この間の冒険者たちは主《あるじ》としてだいぶマシだったと話していた。

ただ大人しく言うことを聞いて、荷物持ちをしていればよかったから、と。

そうすれば、粗相をしない限り酷《ひど》いことはしないでいてくれた、と言っていた。

――まあ、心の傷はそう簡単に癒えるものじゃないだろうし。

無理はさせちゃいけないよな。

ゆっくり、少しずつ、今の生活に慣れさせていこう。

その前に、まずオレが慣れなきゃいけないんだけど！

「――よし、今日はこの辺で始めるか！」

『承知しました』

人目につかなそうなところまで行き、《認識阻害ローブ》を脱いで【絶対防御】の範囲を半径一メートルほどに広げる。

この【絶対防御】は、常時発動してオレを守っているが。

風船のように膨らませて範囲を広げられることが分かった。

こうすることで、オレの半径一メートル以内に入ったモンスターは勝手にスキル【絶対防御】の膜に当たって、オレの魔力に当てられて死ぬというわけだ。画期的！

認識阻害の効果が消えたことで、オレの気配を感じ取ったモンスターたちが次々と襲い掛かってくる。

『スキル【料理】を常時発動に切り替えますか？』

「ああ」

襲い掛かってきたモンスターたちは、膜に触れた瞬間次々と白く光り、食材となってその場に落ちた。

肉の処理なんてやったことのない都会育ちのオレにとって、スキル【料理】の効果は本当に有難いものだった。

食材が集まるのを待つ間は、宝物庫で見つけた魔導書で勉強する。

この一週間で宝物庫の金貨やアイテムを整理したのだが、魔導書がかなり豊富に揃《そろ》っていることが分かったのだ。

「やっぱり氷魔法は極めたいところだよな」

冷蔵庫がないこの世界では、食材のほとんどをアイテムボックス内で保管することになる。

オレはそれでも困らないが、アイテムボックスが使えないリュミエにとっては不便だろう。


一時間もすると、周囲には【鶏肉《とりにく》】に【豚肉】、【スルメ】のほか、【牛肉】【牛乳】【しめじ】【エリンギ】など数々の食材が集まりだした。

中には【岩】や【蛇肉】【コウモリ肉】など、遠慮したい食材もあるが。

この【蛇肉】と【コウモリ肉】は、魚を釣る時に大いに役立ってくれる。

先日、処理に困ってダメ元で使ってみたところ、驚くほど釣れたのだ。

「よし、あとは――お、いたぞ」

勝手に集まってくる食材を一通り手に入れたあと、アイテムボックスに戦利品をしまい、オレは「ある目的」のために再び《認識阻害ローブ》を身に纏《まと》っていた。

ある目的とは、【鶏肉】になる前の「ニワトル」という鳥型モンスターを見つけることだ。

オレは、見つけたニワトルのあとをひっそりとついていく。

そうしてたどり着いたのはニワトルの巣。

その中には、ニワトルの卵があった。

オレはスキル【鑑定】で、ニワトルの卵が食用として問題ないかを確認した。

案の定、そこには【鶏卵】と表示されている。

――よし、やった！

ニワトルが【鶏肉】になるなら、卵は【鶏卵】になってくれると信じてた！

オレはニワトルが去るのを待ち、【鶏卵】を二つほどもらっていくことにした。

あのニワトルには申し訳ないが、卵は栄養豊富だし、何かと便利なためぜひとも積極的に使っていきたい。

ちなみにニワトルはニワトリに比べてたくさん卵を産むのか、巣の中には七つほどあった。これなら二つくらいもらっても罰は当たらないだろう。

環境が整ったら、ニワトルを飼うのもアリだな。

あいつら凶暴だし体長一メートルくらいあるから、リュミエが怖がるかもしれないけど。

でも毎回取りに来るのもな。

何かいい方法はないものか……。

「まあとりあえず――次は【小麦粉】だな！」

この世界の【小麦粉】は、森にあるコムという木の実から生成する。

コムの実はドングリのような見た目をした小さな実で、殻の中身を乾燥させてすり潰《つぶ》すと出来上がる、本来少し手間のかかる代物らしかったが。

これもまた、オレのスキル【料理】を使えば一瞬だった。

ちなみになぜ生成方法が分かったかというと。

宝物庫にあった書物の中に、「モンスター除《よ》け」として作り方が書かれているのをたまたま見つけたのだ。

ここでの【小麦粉】は、そういう扱いらしかった。

毒があるため仕方がないが、何とももったいない……。

オレはコムの実を大量に収穫し、アイテムボックスに放り込む。

「手に入れたかったものは手に入れたし、そろそろ帰るか」

『スキル【転移】を使いますか？』

「ああ、頼む」

スキルは、もちろん自分で念じても使えるが。

メカニーに頼むとその手間すら省略できてしまうのがありがたい。

実はメカニーの存在自体も隠しスキルの一つ（というか女神からの特典）らしく、本来ならＳＰとＭＰを同時消費する上級者向けのものだという話だが。

オレの場合、このＳＰとＭＰがほぼ無尽蔵にあるため、メカニーを常時発動するという特別待遇を受けられている。

――何だかんだで、ラスボスであることに救われてるな、オレ。

今のところ冒険者がやってこないから、こんな悠長なことを言ってられるのかもしれないけど。

冒険者はオレを殺すために、命の危険を冒してダンジョンに潜るわけだしな。

◇◇◇

ニワトルの巣で【鶏卵】を手に入れ、コムの実を山ほど収穫して。

ラスボスエリアに戻ろうとしたそのとき。

「おい、あんたまだこんなとこにいたのか！　危ないから帰れっつったろ！」

「……？　――――あ」

声の先にいたのは、先日の冒険者だった。

リュミエをおとりにして逃げた、あの冒険者だ。

人数は、リュミエが減った分四人になっていたが。

「……どうも」

「ここはスライムすらHP10000超えの、何が起こるか分からない魔窟《まくつ》なんだ。常識ってもんが一切通用しねえ。スキルがあるからって油断するな」

「あ、ありがとうございます。ベルンさんたちは何をしにここへ？　ダンジョン攻略ですか？」

「うん？　ああ、いや。今回はちょっと――――。おまえは覚えてねえだろうが、実はうちにはもう一人メンバーがいたんだ。つっても冒険者奴隷なんだが。そいつを探しにきた」

「――――え」

おとりにして逃げたくせに、探しにきただと？

オレがいなかったら確実に死んでただろあれ……。

「奴隷――――ということは、ノーアビリティですよね？　こんなところに一人でいて、一週間以上生きてられるんですか？」

「俺もそう言ったんだが、アレスタが――――ああ、そこの緑の髪の男のことだが――――奴隷の刻印の消滅に違和感があったらしくてな」

どうやらリュミエに奴隷の刻印を施したのは、アレスタという男らしい。

「そうなんですよ。ご存知《ぞんじ》かと思いますが、刻印はただの焼印ではありません。奴隷が死んだ際、契約の消失をもって所有者に教えてくれる魔法なんです。奴隷、特に冒険者奴隷はそこそこ値が張るので、盗みや逃走の防止対策として使われています」

アレスタ、と呼ばれた緑髪の男いわく。

普通その魔法は、死にゆく過程で徐々に薄れて消えていくものらしいのだが。

今回、その過程があまりに急で、しかも何か不自然な力が加わったように感じたというのだ。

——まあ、契約解除したのオレだしな！

ちなみに冒険者奴隷というのは、奴隷の中でも特別な訓練を受けている奴隷で。

冒険者ギルドが管理している、冒険者が自分たちの危険や不便さを回避するための道具として連れて行く奴隷らしい。

「前回モンスターと出くわした場所へも行ってみたんですが、襲われたような血の跡がなかったんです。誰かが盗んだのだとしたら、それを放っておけば僕たちの名に傷がつきます。何としても犯人を捕らえ、奴隷を回収しなければ」

「……なるほど」

一瞬、ほんの少しでも、リュミエを心配して探しにきたのかもしれない、なんて思った自分の甘さに呆《あき》れる。

こいつらにとって、奴隷は道具でしかないのだ。

「それにな、あいつに持たせてた荷物に、大事なものが入ってたんだ。だからまあ、俺はそれだけでも回収できるなら、と思ってな」

「大事なもの、とは？」

「ふふん、聞いて驚くなよ。【スキルストーン】だ。しかも二つだぞ！　あとはまあ、所持金もそこそこ入ってたな」

「すみません、【スキルストーン】って何ですか？」

「なんだおまえ知らねえのか。スキルと同レベルの力を一定回数発動できる、神の石だよ。魔法なんて、所詮《しょせん》スキルの絶対的な力には勝てねえからな。上位貴族でもない限りとても手が出せない、超高級品だぞ」

　か、神の石……。

　なるほどそんなものがあるのか。

「……そういえば、あなたずっとここにいるんですか？」

「え？　ええ、まあ」

「あれからもう一週間は経《た》ちますが、その身軽さでどうやって生活してるんです？」

「おいアレスタよせよ。訳ありって言ってただろ。恩人だぞっ」

「…………まあ、そうですね。気になってつい。申し訳ありませんでした」

　――なるほど、このアレスタって男は要注意だな。

　勘が鋭いし、少なからずオレのことを怪しいと思っている目だ。

　それに多分、リュミエに直接酷いことをしていたのは――。

『この国の法律で、奴隷に罰を与えられるのは正式な契約者のみとされています』

（……そ、そうか）

メカニー、普段は黙ってるけど、実はずっとオレの心を読んでるんじゃないだろうな⁉

オレの中で、メカニーへの不信感が10ほど上昇した。

まあ今はそんなことはおいておいて。

どうせなら少し利用させてもらおう。

「……実はオレ、記憶喪失なんです。気づいたらここにいて、どこから来たのかも分からなくて」

「なっ——訳ありってそういうことかよ。だったらもっと早く言ってくれりゃ」

「それであの、もしよろしければ、街や冒険者ギルドについて教えてくれませんか？　話を聞けば何か思い出すかも」

「……分かった。ここから二十分ほど歩いたところに結界エリアがある。そこで話そう。ここに長居するのは危険すぎる」

結界エリアというのは、恐らくモンスター除けがされた場所なのだろう。

オレはベルンやその仲間たちとともに、結界エリアなる場所へと向かった。

しばらく行くと、青く光るガラスでできた杭《くい》のようなものに囲われた、直径三メートルほどのエリアへとたどり着く。

「狭いけどまあ座れよ。話を聞こう」

「……ここは？」

「ああそうか、記憶喪失だったな。あの杭はドラゴンの牙《きば》を加工した特殊アイテムでな、これで囲って魔力を注ぎ込むと、モンスター除けになるんだ」

「へえ、そんなものが。すごいですね」

「【スキルストーン】ほどじゃないけど、これもすごく高いし貴重なの。手に入れるのに苦労したわ。でもベルンが向こう見ずだから、ないと絶対死ぬと思って」

先日助けた女性――アルマは、そうため息をつく。

「うっせえ！　冒険者なんか向こう見ずでなんぼだろ」

「……そうやって多くの奴隷とレアアイテムが犠牲に」

「そうですよベルン。奴隷やアイテムだってタダじゃないんです。それにこの間は、アルマまで大《お》怪《け》我《が》をしたじゃないですか」

「それはまあ――悪かったよ……」

四人のやり取りを聞いていて、何となくこいつらの性格や関係性が分かってきた。

リーダーのベルンは、いわゆる脳筋というやつで間違いないだろう。

そしてアルマはベルンとともに戦闘要員、頭脳担当で奴隷の管理をしているのがアレスタ、回復や魔法担当がこの――まだ名前を聞いていない水色の髪の少女ってところだろう。

「それであの――」

「ああ、悪い悪い。ええと……」

ベルンによると、この最難関ダンジョンがある森はアース帝国の最北端に位置し、「死の森」と呼ばれている非常に危険度の高い場所らしかった。

死の森に生息するモンスターは強さがとにかく規格外で、常識が一切通用しない。

そのため特別指定区域として立ち入り禁止となっており、入れるのはランクA以上の冒険者、かつギルドの許可証を得た者のみとなっているという。

――なるほど。だからこんなに人が少ないのか。

そういや転生してここに来た日、ダンジョンに何組か冒険者がいたはずだけど――こいつら以外ってもしかしてもう……。

「……そんな危険を冒して、なぜこんな地に？」

「そりゃおまえ、ダンジョン攻略のために決まってるだろ。ラスボスを倒せば一生遊んで暮らせるくらいの褒賞金が出るからな！　……それに、誰かがやらなきゃいけないことだ。幸い俺たちは強い。なら、やるしかねえだろ？」

ベルンはキリッとドヤ顔を決め、何の迷いもない様子でそう言い切った。

――うん。出会ったときから薄々思ってたけど。

このベルンって男、脳筋だけどめちゃくちゃ良いヤツだ……。

「つかおまえ、今どこに住んでるんだ？　いや穿鑿《せんさく》する気はねえが、しかし記憶喪失の奴を放って帰るってのも冒険者として……なあ」

「そうね。命を救ってもらった恩もあるし。あなた食事はどうしてるの？　ちゃんと食べてる？」

「……え、ええと。実は今、この近くの洞窟《どうくつ》で生活してます」

「洞窟？　んなとこあったっけか……。まあちゃんと生活できてるならべつにいいんだけどよ」

だ、ダンジョンだって一応洞窟みたいなもんだよな！

嘘《うそ》は言ってない、嘘は！

「……ちなみに、記憶喪失のよそ者であるオレが街へ行ったとして、歓迎してもらえる雰囲気でしょうか？　ずっとここでこの生活を続けるわけにも……」

「あなた、冒険者ってことは確かなのよね？　だったら《ブレイブ》――あ、冒険者ギルドね、そこに冒険者として登録すれば、普通に街の人と同じように生活できるわ。ただし、半年以内に金貨三枚を納める必要があるけど」

「なるほど……」

金貨三枚って、あの宝物庫にあったやつか？

だったらまあ、余裕だな。数え切れないくらいあるし。

「気になるなら案内するぞ」

「あ、いえ、今日はちょっとそろそろ……。後日、街まで行ってみます」

さすがにそろそろ帰らないと、リュミエが待っている。

「そうか、分かった。んじゃ、俺らもそろそろ帰るか。暗くなるとモンスターも増えるしな」

「引き留めてしまってすみません。ありがとうございました」

「これくらい何てことねえよ。また何かあれば声かけてくれ」

ベルンたちは、ドラゴンの牙を回収すると街の方へと戻っていった。

――いいヤツらなんだけどな。

でも、こいつらがリュミエを奴隷としてこき使った挙句、おとりにして捨てて逃げたのは紛れもない事実で。

そう思うと、どうしようもなく苦い感情が広がっていく。

なぜ、この優しさをリュミエに向けられなかったのか、と。

冒険者という職業が命がけなのは分かる。

でもだからって、無力な少女を物として使い捨てていいわけがない。

……まあ、そういう常識の中で育ってきたってことなんだろうな。

オレだって、人間の子どもと犬が危険な目に遭っていたとして、片方しか助けられないのなら。

それなら迷わず人間を助けるだろう。

つまりきっと、そういうことなのだ。

◇◇◇

「ただいまリュミエ。遅くなって悪かったな。変わったことはなかったか？」

「おかえりなさいっ。はい、特に問題ありませんでした」

ラスボスエリアに戻ると、リュミエが可愛《かわい》い笑顔で迎えてくれる。

ちなみに広大なラスボスエリアを歩くのは面倒なので、帰宅時は休憩室を転移先としている。

「そうか、ならよかった。今日はこれからホットケーキを作るぞ！」

「ほ、ほっとけーき、ですか？」

「甘くてふわふわのお菓子だよ。リュミエもきっと気に入るんじゃないかな。まあ、ベーキングパウダーが入手できないから、ちょっと違う作り方にはなるけどな」

「あ、甘くてふわふわ⁉　そんな食べ物が⁉」

リュミエはホットケーキがどんなものか、まったく分からない様子だった。

が、甘いと聞いてキラキラと目を輝かせる。可愛い。

「ええと、材料は――」

ホットケーキに使うのは、コムの実、山芋、鶏卵、牛乳、それから砂糖の四つ。

ここからはスキル【料理】の力を借りつつ作っていく。

まずは牛乳にスキル【料理】を発動させ、バターとヨーグルトを作っていく。

バターもヨーグルトも、正直作ったことなかったが。

しかし種菌は林檎《りんご》を発酵させたものでどうにかなったらしい。よかった！

そしてコムの実を、これまたスキル【料理】で小麦粉に変化させる。

転生前の世界にあった小麦粉のような真っ白さはないが、【鑑定】の結果が【小麦粉】となっているのでよしとしよう。

「す、すごいです……全然違うものになっちゃいました……」

「だろ？　時間があるときに、二人でスキルなしでもやってみような」

「す、スキルなしでもできるんですか⁉」

「ああ、できるよ。これはあくまで時間短縮のために使ってるだけだからな」

『蒼太《そうた》様、スキル【料理】を使えば、一気に完成させることも可能です』

（まあそうなんだろうな。でもオレは、自分でできることは自分でしたいんだ）

実は転生前、オレは小さな飲食店を経営することを夢見ていた。

幼いころから料理が好きで、作った料理を家族や友人に食べてもらうことが幸せだった。

夢を叶《かな》えるために、コツコツと貯金もしていた。

――まあ結局、それは叶わず死んじゃったけど。


でもラスボスとして転生した今、この世界でもきっとできることがあるはず。

例えば、このリュミエを笑顔にすることとか。

材料が揃《そろ》ったら、ここからはいよいよホットケーキを作っていく。

卵、砂糖、すりおろした山芋、ヨーグルトをしっかりと混ぜ、小麦粉を加えてさっくり切るように混ぜる。

あとは熱したフライパンに流し入れ、弱火でじっくり焼けば――。

「できたあああ！」

周囲にはホットケーキの甘い香りが漂っていて、今すぐにでも頬張りたくなる。が、今日はここに。

バター、それから林檎とラズベリーのジャムをたっぷりとのせる！

「んん……すごく、すごくいい香りがしますっ」

「はいこれリュミエの分な」

二人で休憩室のテーブルにつき。そして。

「いただきます」

「い、いただきますっ」

最初はただ「いただく」という意味で発していた「いただきます」という言葉も、今やすっかり食前の挨拶《あいさつ》として定着した。

オレが手を合わせると、リュミエも一緒に手を合わせてくれる。本当に良い子だ。

ナイフとフォークで切り分け、ジャムとバターを纏《まと》わせて口へと運ぶ。

最近はリュミエも、ナイフとフォークがだいぶうまく使えるようになった。

「うっっっま！！！」

「んんんん〜〜〜〜っ！　幸せが次々と襲ってきますっ」

バターの芳醇《ほうじゅん》な香りとジャムの甘酸っぱさに支配されたかと思ったら、ふわふわ生地の優しい甘さがじんわりと口の中に広がっていく。

そしてそれらが一体となり、よりバランスの取れた味わいへと昇華して――。

――ああ、幸せだな。

幸せすぎて泣きそうだ。

最初は、自分が殺されないように冒険者を餌付けしようと始めたけど。

でもやっぱり、おいしい料理を食べること、食べてもらうことはオレの生きがいなんだ。

そう実感させられる。

街へ出れば、きっともっとできることがある。

ラスボスだからって大人しく悪役やってると思うなよ！

オレはラスボスも、前世の夢も、どっちも両立してみせる！

第四章　最果ての街・ラスタへの進出

翌日、オレは早速街へ向かってみることにした。

森までは毎日のように出ているが、それより先に出るのは初めてだ。

「――これで大丈夫、だよな？」

『はい。問題ありません』

ギルド登録にはステータスの開示が必須《ひっす》らしく。

このままではオレがラスボスだと即バレする可能性があるため、ステータスの数値をいじってスキルを隠すことになった。

もちろん、メカニーの存在も極秘事項だ。

こんなものを常時稼働させていると知られれば、それこそ冒険者生活が始まる前にすべてが終わってしまう。

「それじゃあリュミエ、行ってくるよ。夜には戻るから」

「はい。いってらっしゃいませ」

◇◇◇

――ふう。やっと着いた。

宝物庫で見つけた地図を見ながら、スキル【探知】を発動させつつ、ダンジョンから一番近くにある街・ラスタへたどり着いた。

一番近くとはいっても、あのダンジョンがあるのは「死の森」の最奥地だ。

転移スキルやそれに代わる魔法を持たない人間であれば、街まで最低でも一週間はかかる。

――スキル【転移】って、ある意味最強だよな。

この距離を数分で移動できるってチートすぎるだろ……。

ちなみに数分かかったのは、何度かに分けて転移したからだ。

実際に行ったことのある、場所と位置を具体的にイメージできるところになら距離を問わず転移できるらしいが、そうでなければ距離が限られる。

そのため、地図を見ながら転移位置を設定し、二十回ほど転移を繰り返すことになった。

たどり着いた街は、決して大きな街ではなかったが。

宿泊施設やアイテムショップ、病院、飲食店など、冒険者に必要な施設は一通り揃《そろ》っていた。

恐らく、冒険者を受け入れる拠点として成り立っている街なのだろう。

そしてこれらのほかに、ひと際目立つ大きな建物がそびえていた。

看板には、「冒険者ギルド《ブレイブ》」と書かれている。

中に入ると、そこはギルド受付と酒場が合体したような造りになっていて。

ちょうど昼時なのか、多くの冒険者たちが飲み食いしていた。

まあ飲み食いとは言っても、そのほとんどがコンフードだったが……。

しかし飲み物——というか酒の類はいくつか種類があるようだった。

——と、とりあえずは受付で登録、だよな？

受付に行くと、そこにいた女性に声をかけられた。

「いらっしゃいませ。……見かけない顔ですね。初めての方ですか？　冒険者カードをお見せいただけますでしょうか」

「ええと、すみません。冒険者登録がまだでして……」

「えっ⁉　え、ええと……どなたかのお連れ様でしょうか」

「いえ、一人です」

——あ、そうか。

ここは「死の森」の近くだし、もしかしたら初心者が来るところじゃないのかもしれない。

「あー、ええと、実は冒険者ではあるんですが、旅の途中で怪我《けが》をして記憶を失《な》くしてしまいまして。身分証もなく困ってるんです」

「……そんなことが。大変でしたね。承知しました。少々お待ちください」

受付の女性はいったん奥へ引っ込んだかと思うと、登録用紙、それから分厚い木の板に水晶が埋め込まれたような不思議な物体を持って戻ってきた。

「まずはこちらに、分かる範囲で構いませんのでご記入をお願いします」

オレは登録用紙に名前や年齢、使える魔法属性、スキルなどを記入していく。

魔法属性は火と水、氷ということにしておいた。

スキルは隠そうかとも思ったが、【再生】は既にベルンたちに知られている。

下手に隠すと厄介なことになりそうなので、【再生】は所有を明かすことにした。

「スキル持ち⁉　しかも【再生】だなんて、素晴らしい能力をお持ちなんですね」

「あはは。ありがとうございます」

キラキラとした羨望《せんぼう》の眼差《まなざ》しを向けてくる受付の女性に、何となく後ろめたい気持ちが広がる。

嘘《うそ》ついてごめんなさい！

本当はもっとあります！

「次は、ＨＰとＭＰとＳＰの数値を計りますね。この鑑定器の魔石に手をかざしてください」

受付の女性に誘導され、オレは鑑定器に手をかざす。

数値はちゃんと調整してあるし、魔法属性もスキルも隠した。

だから大丈夫――なはず。

手をかざすと、鑑定器の魔石部分が強い光を放つ。

そして――。


ピキッ！　ピシッ！

――ん？


え、今なんか変な音しなかったか？

というかこの魔石、ひびなんて入ってたっけ？

「ち、ちょっとストップ！　手をどけてください！」

「えっ？」

「え、ええと……その、とりあえず……こちらへついてきてください」

「？　あ、はい」

あれ、これなんかまずい展開？

弁償しろとか言われたらどうしよう……。

まあ金はあるけど。

でも初《しょ》っ端《ぱな》からこんなことになるなんて。冒険者なんて印象にかなり左右されそうな職業なのに！


オレは受付の女性に連れられて、応接室のようなところに通された。

そしてここで待つようにと言われて三十分後。

女性は、一人の少女を連れて戻ってきた。

その少女は、美しい金髪をツインテールにしていて、せいぜい十二～十三歳だと思われる。

――え、こ、子ども？

いったいどういうことだ？

「ギルド長、こちらの方です」

「うむ」

少女はオレの対面にあるソファに座ると、じっとこちらを見つめる。

そして。

「初めまして。私はこの冒険者ギルド《ブレイブ》のギルド長、ミステリア・リストンだ」

「……は？　え、いや、でも子ども――」

「ふっふっふ。そう見えるか？　見えるよな？　だがしかし！　実は立派な大人の女性なのだっ」

――ええと。何言ってんだこいつ？

オレはこんなところで子どもの遊びに付き合うつもりはないんだが？

ソファに座って足を組み、ドヤ顔でふんぞり返る少女に、思わずそんな言葉が出そうになる。

「まあ待て。そんな目で見るな。私は類まれなる才能の持ち主でな、この姿はスキル【変身】によってあえてこうしているのだ」

「……は、はあ。ではなぜ子どもの姿に？」

「なぜ？　そんなの決まっている。可愛《かわい》いからだ」

「――は？」

「可愛いからだ」

一瞬何が起きているのか分からず、先ほどの受付の女性の方をちらっと確認する。

が、困ったようにふいっと視線を逸《そ》らされてしまった。おい。

「…………ええと、帰っていいですか」

「ああ、待て待て。まったくせっかちなヤツだ。君がここに呼ばれたのは言うまでもない。君のその力について話すためだ」

「オレの力？」

「先ほどの計測器では、HPは9999、MPとSPは999まで計測できる。だが君の力は、MPとSPがこの上限値を上回っていたのだ。何か心当たりはないか？」

おいいいいいいいいいいいい！！！

メカニー仕事しろ！！！

問題ないって言ってたじゃねえか！！！！！

「すみません、記憶喪失で……」

「そうか……。旅の途中で怪我をして記憶を失くした、と話したらしいな？　気づいたとき、君はどこにいたのだ？」

「……ええと。だ、ダンジョンの中、です」

「ダンジョンというのは、この先の、死の森にあるダンジョンで間違いないか？」

「……ええ、たぶん」

「そうか……」

ど、どうしよう？

早速ラスボスってバレて討伐されちゃったりしないよな⁉

「死の森およびラストダンジョンは、この世界の常識が一切通用しない危険地帯だ。だから許可を得た者以外は侵入不可となっている。調べれば、ある程度は君の身元も絞れるはずだ。君が法を犯していなければ、の話だがな」

――あれ？

これは――。早速詰んだかもしれない！

変な汗が止まらなくなった。


「……立入許可証を発行した冒険者に、君と似た能力を持つ冒険者は見当たらないが」

ギルド長ミステリアは、パソコンのような何かをカタカタと操作したのち、外見にそぐわぬ厳しい目つきでこちらをじっと見る。

下手な動きを見せればそのまま切り殺されそうな迫力だ。

「……分かりました。本当のことを言います。ただし、この件は内密にお願いします」

「ほう？　正当な理由があるのならば、誰にも言わないと約束しよう。ティアもいいな？」

「はい。私はギルド長に従います」

ティアと呼ばれた受付の女性は、神妙な面持ちでこくりと頷《うなず》いた。

「では……ラストダンジョンのラスボスが復活したのは知っていますね？」

「当然だ。私はギルド長だぞ」

「今回のラスボスは、今までとは桁違《けたちが》いの力を持っている可能性があるんです」

「は？　なんだと……？」

ミステリアもティアも、その言葉に一層表情をこわばらせる。

「これまでのラスボスが所有していたスキルは、多くても五個ほどでした。ですが今回は、十個ものスキルを持つとの噂《うわさ》がありまして」

「スキル十個だと⁉　……いや待て、なぜ君がそんな情報を持っている」

「守秘義務があるので詳しくは言えません。ですがオレは、死の森およびラストダンジョンの調査をしに来た者です。しかし冒険者登録も済ませていない、身分も明かせないオレがうろついていては、皆さんを不安にさせてしまうと思い――」

「それで冒険者登録をしに来た、というわけか」

オレは真剣な表情で頷いてみせる。

まあ調査中なのは事実だし。嘘は言ってない、よな！

ラスボス（オレ）のスキル数を教えてあげたのだから、守秘義務うんぬんは大目に見てほしい。

「もしその話が本当ならば一大事だが、しかし君の話を信じるには情報がなさすぎる。何か提示できるものはないのか？」

「……すみません、今はまだ」

「……そうか。君に悪意があるようには思えない。そもそも何か良からぬことを考えているのであれば、わざわざ冒険者登録なんてしないはずだ。だが、野放しにするわけにもいかない」

ミステリアはそこまで話し、しばし黙り込んで思案する。

そして……。

「週に一度、必ずここへ調査報告書を送ること。もちろん言える範囲でいい。それだけMPがあれば、情報送信魔法くらい使えるだろう？　あと、月に一度でもこちらに顔を出してもらえると助かる。約束できるのであれば、冒険者登録と許可証の発行を認めよう」

「情報送信……承知しました。必ず守ると約束します」

情報送信魔法なんて使ったことないけど。

まあでもこうして条件にされるくらいなんだし、どうにかなるだろ。

メカニーもいるしな！

「……分かった。ティア、この者に冒険者カードと許可証を」

「か、かしこまりましたっ！」

ティアは慌てた様子でパタパタと部屋を出ていった。

「ありがとうございます。……ああそうだ。お近づきの印と言っては何ですが、よろしければお受け取りください」

「？」

オレはアイテムボックスから——ではなく、あえて持っていた手荷物から「あるもの」を詰めた瓶をテーブルへと出した。

「な、なんだこれは……モンスターの血か何かか？」

怪訝《けげん》な顔で警戒心を顕《あら》わにするミステリアを見て。

オレは改めて、この国の食料問題をどうにかしなければと心に誓った。

「林檎《りんご》とラズベリーのジャムです」

「リンゴと……ラズベリー……？　ジャム？」

「果実を煮込んでペースト状にした食べ物です。おいしいですよ」

「……これが食べ物、だと？　君は私を馬鹿にしてるのか？　こんなもの、モンスターだって毒物だと――」

ミステリアは呆《あき》れ、軽蔑《けいべつ》するような目でオレを睨《にら》み、吐き捨てるように拒絶する。

大人のように振る舞う金髪ツインテ少女にここまで侮蔑《ぶべつ》を顕わにされると、一周回って変な性癖に目覚めそうだ。

　いやまあ、中身は大人なんだろうけど。

　自然界に存在する食材（だとオレが思っているもの）には毒がある。

　それがこの世界の現実だから仕方がないけど。

「解毒した植物を使用して作ったので毒はありませんよ」

「――なっ！　い、いやまさかそんな。で、でももしそれが本当だとすると、君――いや、あなたは貴族というこｔ」

「あ、貴族ではないです」

　ラスボスではあるけどな！

「実はこれ、自作なんです」

「はあ⁉　じ、自作だと⁉　それだけの力を持ちながら貴族でないとはどういうことだ――いや、ですかっ！　いやその前に……えええええ」

　どうやらミステリアの中で、オレの扱いがいくらかランクアップしたらしい。

「敬語はいりませんよ。貴族ではありませんし、今のままで構いません」

「な、ならばお互い様といこうではないか。私への敬語も不要だ」

「え。わ、分かり――分かった」

「しかしこのような食品は見たことがないな……。ドロッとしてるし、口にするにはなかなかに勇気のいる代物だ……。私はコンフード以外食べたことがないのだ」

「ならば――」

オレは小皿とスプーンを二つずつ取り出し、瓶の蓋《ふた》を開けてジャムをスプーンですくい小皿にのせた。

蓋を開けた段階で、すでに部屋には甘酸っぱいラズベリーの香りが漂っている。

気がつくと、ミステリアはジャムに釘付《くぎづ》けになっていた。

「……な、何とも人を惑わす香りだな」

「たぶん、気に入ると思うぞ。じゃあ先にオレが一口」

オレはスプーンにのせたジャムを口へと運ぶ。

そして口の中に広がるフルーティーな甘酸っぱさを堪能し、嚥下《えんか》する。

「……ほ、本当に何ともないんだな？」

「もちろん」

ミステリアは意を決し、オレと同じようにスプーンを口へと近づける。

そして死を覚悟したような表情で、一気にジャムを口の中へと納めた。

「――――っ!?　な、何だこれは!?　な、なんっ、何だこれはああああああああああああああああ！！？」

恐らくリュミエの時同様、「おいしい」「甘い」という言葉を知らず、適切な表現方法が分からないのだろう。

「脳が痺《しび》れて、口の中から体がとろけていくようだ……。なのに不思議と不快感はない。むしろ――はっ！　まさかそういう、人を惑わす類の毒なのか⁉」

「あはは、まさか。それは『甘い』という味覚の一種だよ。『おいしい』って思ってくれたようで何より」

「あ、甘い……おいしい……」

ミステリアは、ジャムの消えたスプーンを見つめ、それからまだジャムのたっぷり入っている瓶をじっと見つめている。

――ギルド長も、ジャムの前ではリュミエと同じ反応か。

リュミエの時も思ったけど、自分の作ったものでここまで喜んでもらえるって嬉《うれ》しいな。

「それ、全部食べていいよ。……でも今はとりあえず、これは二人だけの秘密にしておいてほしい。このスキルを持ってることは内緒にしてるんだ。だから家でこっそり食べてくれ」

「……わ、分かった。誰にも言わないと約束する」

ジャムの蓋を閉めてミステリアにそれを渡し、部屋の窓を開けようと立ち上がる。

「待て。この程度の匂いであれば、スキル【浄化】ですぐに消せる。窓を開ければ、外にいる者たちがこの匂いに気づくかもしれない」

「ミステリア、【浄化】も持ってるのか」

「ふふん。スキルを二つも持っているのは、人口全体の1パーセントにも満たないと言われている。私はそれだけ優秀な、選ばれた存在なのだ。……なんて、君に自慢しても虚《むな》しいだけだがな！」

ミステリアがスキル【浄化】を発動させると、部屋に充満していた香りは十秒ほどで綺麗《きれい》さっぱり消え失《う》せた。

使用済みの食器類は、ミステリアがスキルに集中している間にアイテムボックスへ収納した。

いつティアが戻ってくるか分からないし、帰ってから洗うことにしよう。

――それにしても。

最初は、自らロリに扮《ふん》しているおかしなヤツだと思ったけど。

どうやらミステリアの実力は本物らしい。


「……ち、ちなみに、だが。君はこれのほかにも何かコンフード以外の食べ物が作れるのか？」

めちゃくちゃ食いつきいいな！

まあ気に入ってくれたのなら何よりだけど。

「いろいろ作れるよ。オレに協力してくれるなら、またご馳走《ちそう》するけど」

「……ぐぬぬ。いやしかし、私はギルド長で、こんな身元不明の冒険者に協力するなんて首を縦にふるわけには」

ミステリアは頭を抱え、うんうんうなっている。

今まで食料＝コンフードだと思っていたこの世界の住人にとっては、ジャム一つでも喉《のど》から手が出るほど欲しい代物なのだろう。

ましてや他にもあるなんて聞いてしまったら……。

――と、そこで。

ティアが冒険者カードと許可証を持って部屋に戻ってきた。

ミステリアは何か言いたげだったが、仕方なく何でもない様子を取り繕う。

「お待たせしました。こちら冒険者カードと許可証です。身分証も兼ねていますので、なくさないようにしてくださいね」

「ありがとうございます」

「……こほん。それじゃあ約束通り、報告を欠かさないように」

「分かった。約束するよ」

「あれ？　なんかお二人、仲良くなってません か？」

ティアは、オレがタメ口になっていることに驚いたのか、オレとミステリアの顔を交互に見て不思議そうにしている。

「き、気のせいだ。片方だけ敬語なのはフェアじゃないと思ってな。タメ口を許可したのだ。気にするな」

「は、はあ」

「ティア、ソータを出口まで案内してやってくれ。私は仕事に戻る」

「かしこまりました」

ミステリアは手にしていた書類を持ち、それからポケットに入れたジャムの瓶を落とさないよう手を添えて、部屋を出て行った。

「ギルド長が初対面であんな砕けた態度を許すなんて、珍しいこともあるものですね」

「いや、自主的にロリの姿してる時点で本人が砕けすぎでは？」

「あはは。そこはまあ、ギルド長らしさというかなんというか……」

つまり、おかしいとは思ってるんだな！

「でもあれ、絶対ソータさんのこと気に入ってますよ」

「そ、そうなのか」

「ギルド長は見る目は確かなんです。だからきっと、ソータさんは良い人なんでしょうね。これからよろしくお願いします」

ティアはそう笑顔を向け、頭を下げる。

「あ、はい。こちらこそよろしくお願いします」

「これで家を借りることもできますし、別途許可は必要ですが商売を始めることも可能ですよ。

——あ、出口までご案内します」

家！　借りられるのか！

ラスボスエリアを充実させるのは確定事項だが、地上にも家があるに越したことはない。

普段は何気なく世間に溶け込んでるけど実はラスボスでした！　って展開も、なんかかっこいい
——かもしれない。うん。

よし。予算は潤沢にあるし、いろいろ調べて検討してみるか！

◇◇◇

翌日。

オレは再び冒険者ギルド《ブレイブ》へ行き、部屋を斡旋《あっせん》してもらうことにした。

ギルドでは冒険者の生活に関するサポートもしていて、収入の安定しない冒険者でも借りられる家を紹介してくれる。

「優先したい条件は何かありますか？」

「……そうですね、どうせならここに近いと助かります。あとセキュリティ面はしっかりしてるとありがたいかな」

「ご予算はどのくらいですか？」

「あー、ちなみに平均的にはどれくらいなんですか？」

今相談に乗ってくれているのは、前回同様、ティアだった。

どうやらミステリアが気を利かせてくれたようで、ティアを固定の担当にしてくれたらしい。

「平均は、そうですね……冒険者ランクによって変わってきますが、ソータさんは今Cランクなので……一人暮らしならだいたい金貨六～八枚くらいでしょうか」

ちなみにこの世界の貨幣価値は、銅貨一枚が転生前の世界でいう十円程度で。
・銅貨十枚＝銀貨一枚（つまり百円くらい）
・銀貨十枚＝大銀貨一枚（つまり千円くらい）
・大銀貨十枚＝金貨一枚（つまり一万円くらい）
・金貨十枚＝大金貨一枚（つまり十万円くらい）
とされている。

——なるほど、六～八万円ってことか。

都心の一人暮らし賃貸ってところかな。

「月額で大金貨一枚なら、どれくらいの物件が借りられますか？」

本当はもっと出せるが、最初はランクに合った物件がいいだろう。

無駄に目立つような行動は避けたいし。

「最初からその金額ですか……さすがソータさんですね。承知しました。ではこの物件なんていかがでしょう？」

ティアに提案されたのは――。

「――ってあれ、ここってこのギルドの上なんじゃ？」

「はい。入居にはギルド長の審査が入りますが、ソータさんなら問題ないでしょう。もし認められれば、部屋も２ＬＤＫと広くて綺麗ですし、快適ですよ！」

「へえ。ティアさんもここに住んでるんですか？」

「まさか！　私はただの受付の女性ですから、こんな高い場所には住めませんよ！　でもギルド長はここに住んでるみたいです」

――ほう？

今後ミステリアを仲間に引き入れるにはちょうどいい、か。

「分かりました。ではここにします」

「ありがとうございます。審査には通常三日ほどいただいていますが――少々お待ちください」

ティアはそう言い残していったん奥へと引っ込み、十分ほどして戻ってきた。

「ギルド長のＯＫ出ました！」

「早いですね⁉」

「うふふ、ソータさんならそうなるんじゃないかと思ってましたよ。何といっても、あのギルド長のお気に入りですから！」

ジャム一つでここまで気に入られるって、さすがにチョロすぎるだろ！

いや、身元不明のオレを野放しにするよりは、ということなのかもしれない。それくらいのことは考えていると思いたい。

「入居はいつごろを希望されますか？　こちらは今日からでもいけますが」

「え、ええと……では明日から、ということでお願いできますか？」

「かしこまりました。ではこちらをお読みの上サインをお願いします」

ティアは受付にある引き出しから一枚の紙を取り出し、台の上に置いた。

書類にサインをし終えると、そこに魔法陣のようなものが浮かび上がる。

そして印となって定着して――。

「これで契約完了です。契約書の控えと、それから鍵《かぎ》もお渡ししておきますね」

「ありがとうございます」

よし、当分の宿も決まったし、明日の引っ越しに向けて準備しないとな。

今日はもう、森を少し散策したら帰るか。

そう思っていたのだが。

「……あの、ミステリア？　なぜついてきてるんでしょうか⁉」

森へ向かう途中、ミステリアがついてきていることに気がついた。

本人としてはこっそり尾行していたようだが、スキル【探知】があればこの至近距離で見落とすことはまずない。

「……まさか私の尾行が見破られるとは。ソータは本当、何者なんだ」

「あはは。たまたまだよ」

「……はあ。まあいい。それより《ブレイブ》の上に住むらしいな」

見破られて観念したのか、ミステリアはオレの横に並んで歩き始めた。

――って、ついてきていいなんて言ってないんだが⁉

このまま一緒に来られると非常に困る！

オレの行き先、ラストダンジョンのラスボスエリアなのに。

「あ、ああ。ミステリアもあそこに住んでるらしいな。これから会う機会も増えると思うし、改めてよろしくな。じゃあオレはそろそろ帰るんで！」

「待て待て！　せっかくこうして仲良くなれたのだ。引っ越しの手伝いをしてやろう。そ、その代わり、あの……」

ああ、うん。

どう考えても１２０パーセント食事目当てだな！！！

ミステリアはもじもじしながら頬を赤らめ、こちらの様子をチラチラ窺《うかが》っている。

可愛《かわい》いし、本当なら何か作ってやりたいところだが。

さすがにラスボスエリアにギルド長を連れて行く勇気はオレにはない。

「引っ越しは特別な業者に手配する予定だから、一人で大丈夫だよ。それに家には機密情報の詰まった書類がたくさんあるし、今連れて行くわけにはいかないんだ」

「……そう、なのか。まあそれならば仕方がないな」

露骨にしょんぼりするミステリアに心が痛むが、討伐されるわけにはいかない。

「その代わり、これをやろう」

「……？　な、なんだこれは……」

「スライムを毒抜きして乾燥させたものだよ。うまいし保存食としても重宝する」

「スライム⁉　き、君はスライムも食べるのか⁉」

ミステリアは顔を引きつらせ、オレから一気に距離を取る。

そこまで露骨にドン引きしなくても……。

オレからしたら、あのまずいコンフードを普通に食ってる方がずっと衝撃的なんだが？

「いいから、騙《だま》されたと思って食ってみろよ。噛《か》めば噛むほどうまみが出てくるぞ」

「…………う、ううむ」

薄くカットしたスライムスルメを詰めた袋を差し出すと、ミステリアは震えながら小さな欠片《かけら》を一つ手に取った。

「……うん？　うま……い？　いや、ふむ、ふんふん……」

初めは何とも言えない表情でスライムスルメをもぐもぐしていたが、次第においしさが伝わったのか表情を明るいものへと変えていく。

そして袋から二つめを取って再び口に放り込み、続けて三つめを――。

「な、なんだこれは……手が止まらなくなるぞ！　ジャムほどのインパクトはないはずなのに、無限に食べてしまいそうだ……」

「だろ？　とりあえず、今日はこれで我慢してくれ」

「……また死の森に行くのか？　あそこは何かが起こっても救助すら難しい区域だ。くれぐれも無理はするなよ」

「ん、ありがとな」

こうしてオレは、どうにかミステリアを追い払――説得し、無事監視から解放されたのだった。

これから騒がしくなりそうだな……。

◇◇◇

「ただいま」

「おかえりなさいませ、ソータ様」

ラスボスエリア奥の休憩室へ戻ると、リュミエがオレの帰宅を待ちわびていたかのように迎えてくれる。

人間相手にこんなことを考えるのは失礼かもしれないが、なんだか子犬のようだ。

「リュミエ、実はさ、地上に家を借りることにしたんだ」

「え――」

今にも抱きついてきそうな雰囲気だった、リュミエの表情が曇る。

冒険者奴隷として冒険者に虐げられ、おとりにされて死にかけたリュミエは、地上に出ることが今でも怖いのだろう。それは分かっている。

でも、まだ子どもであるこの子を、いつまでも地下深くに閉じ込めておくわけにはいかない。

引っ越しは、実のところリュミエのためというのも大きかった。

「大丈夫。リュミエのことはオレが必ず守るよ」

「………で、でも私、あの冒険者様たちに——特にアレスタ様に見つかったら」

リュミエは泣きそうな顔でうつむき、小さく震えている。

——やっぱりアレスタか。

でもたしかに、奴隷契約を勝手に解除はしたものの、それはあくまで追跡や生存確認など所有者の力の行使をできなくしただけ。

法の下では、リュミエは今なおあの冒険者たちの奴隷ということになっている。

しかも、アレスタは力の介入に気づいていた。

このまま「横取り」という形を貫けば、いずれ困ることになるかもしれない。

頃合いを見計らって対処しないとな。

「オレがなんとかする。リュミエのことは、絶対に誰にも渡さない。だから信じてくれ」

「………わ、分かりました」

「よし、んじゃあ飯にするか！　今日は何にするかな……」

鶏《とり》と卵があるし、夕飯は鶏肉たっぷりの雑炊でも作るとするか。

ちょうどこの前【米】が手に入ったことだし。

炊飯器がないから、何となく使うのが後回しになってたけど。

でも雑炊なら鍋《なべ》で簡単に作ることができる。

ちなみにこの世界の【米】は、水辺に自生しているライスという稲のような植物から採れる。

多分、名付け親がオレを転生させた女神のような雑なヤツだったのだろう。

スキル【鑑定】で知ったときは、思わず「まんまかよ！」と叫んでしまった。

だが、この世界のライスという植物は、さわさわと揺れて涼しい秋を感じさせる大人しい植物
――ではまったくない。

なんとすさまじい勢いで生長するうえ、葉っぱに触れてしまうと籾《もみ》を飛ばして攻撃してくるモンスターのようなヤツなのだ。

そして当然毒があり、籾が直撃しようもんなら皮膚が赤く爛《ただ》れてしまう。

そのため、ギルドでは定期的に駆除依頼が貼り出されるらしかった。

「まあ、【特殊効果無効】を持ってるオレには何の効果もないけどな！」

ライスが籾を飛ばす威力自体は、所詮《しょせん》植物といった感じで痛くもかゆくもない。

オレはライスの存在に気づいて以降、見つけるたびに茎の部分からナイフでザクッと切り、そのままアイテムボックスへ突っ込むということをやっていた。

なのに収穫して二～三日後には、また何事もなかったかのように実っているのだ。

すさまじい生命力！

どうやらライスは、根っこから焼き払わない限り再生を繰り返すらしい。

オレはアイテムボックスからライスを取り出し、スキル【料理】で脱穀から精米まで行なう。

結果、大きめのザルに山盛りの美しい白米が手に入った。

――たしか麻袋がまだ残って……あった。これこれ。

宝物庫にあった麻袋から適当なサイズのものを選び出し、その中に使わない分の米をしまい込んで再びアイテムボックスへ戻す。

二人分の雑炊なら、カップ半分程度の米があれば十分だ。


ここまできたら、あとはスキルなんて必要ない料理タイム。

「ええと、まずは鍋で米を洗って、水に浸して――」

そこに切った鶏モモ肉、削った岩塩、それから刻んだ生姜《しょうが》を少々加える。

これを火にかけて、沸騰するまでは中火～強火、沸騰したら弱火～中火に切り替えてじっくり煮込んでいく。

ちなみに生姜は、なぜか宝物庫に酒漬けになったものが保管されていた。

調べたところ、生姜の毒は酒に一年ほど漬け込むとなくなるらしく。

漬け込んだ酒を薬用酒として愛用する冒険者もいる、と書かれていた。

毒さえなければ、この世界の生姜も体に良い成分を豊富に含んでいるということなのだろう。

アルコールは加熱すれば飛ぶし、多分大丈夫なはず。

米と肉に火が通ったら――ここでまたセリの登場だ。

今のところねぎや三つ葉が手に入っていないため、こうした薬味の役割を果たしてくれるセリの存在が非常に貴重となっている。

「これがあるのとないのじゃ、大きな違いだからな」

『こんなに料理をするラスボスを見たのは初めてです』

「はは、だろうな。オレがラスボスの常識を変えてやるよ」


メカニーとそんなくだらない会話を交わしている間に、あっという間に雑炊らしくなってきた。

あとは卵を加えれば完成だ。

溶いた卵を箸《はし》に伝わせ、円を描くように入れていく。

こうすることで、卵が塊になることなくまんべんなく行き渡る。

「——よし！　できたあああああああああ！　鶏の出汁《だし》は正義！！！」

味見をして、そのうまさに自分の才能が恐ろしくなる。

これはリュミエもきっと喜ぶぞ！！！


「リュミエ、できたぞ」

「……今日のごはんは何ですか？　なんだか不思議な匂いがします」

リュミエは、くんくんと元をたどるように匂いを嗅《か》ぐ。

米を使ったのは初めてのため、特有の香りが何かまったく想像できないようだ。

「今日は鶏たまご雑炊だよ。材料の米も鶏肉もセリも生姜も卵も、とても栄養価の高い食品なんだ。

まあ今は難しいことは分からなくていいよ。とりあえず食べよう」

テーブルに二人分の雑炊、それからスプーンとコップに入れた水を用意し、席に着く。

「熱いから気をつけて食えよ」

「は、はい。いただきますっ」

リュミエは、雑炊をスプーンですくって口へと運ぶ。

「あふっ……!?」

「ああほら、熱いって言っただろ。水飲め水」

「は、はい。すみません……」

リュミエは水を飲み、熱さをリセットしてから再び雑炊を口にする。

今度はふうふうと少し冷ましてから、慎重に口に入れたようだ。よし。

「お、おいしい……体がじんわり温かくなって、何だかとてもほっとします」

驚いたような顔を見せ、それからふっと力が抜けたように表情を和らげるリュミエに、こっちまで頬が緩みそうだ。

「このおいしさを分かってもらえるのは、元日本人として嬉《うれ》しいよ」

「に、にほんじん？」

「あはは、こっちの話だよ。気に入ってもらえて何よりだ」

リュミエが気に入ってくれたのを見届けて、オレも雑炊に手を伸ばす。

鶏のじんわり染み入るような出汁と生姜の爽《さわ》やかな香りを、塩とセリの少しクセのある味が絶妙なバランスにまとめ上げている。

優しいのに、しっかりと芯《しん》の通っている味。

前世では鰹《かつお》の出汁も合わせて作ってたけど、これはこれで――。

リュミエもあっという間に完食してくれた。

「おかわりもあるよ」

「いいんですか？　食べたいですっ」

結局オレもリュミエも二杯ずつ食べて、鍋の中は空っぽになった。

空になった鍋を見ると、「作ってよかった」と改めて心が温かくなる。

この何とも言えない満足感もまた、料理の醍醐味《だいごみ》の一つだ。

そんなことを呑気《のんき》に考えていたのだが。

「……あの、な、なんだか体が熱いです」

「──え？」

食べ終えて少ししたころ、リュミエが体調不良を訴え始めた。

見ると顔が赤くなっていて、目つきも心なしかぼーっとしているように見える。

五分ほど前まで何ともない様子だったのに、呼吸も荒くなってきた。

「だ、大丈夫か？」

──なんだろう、風邪か？

リュミエの額に手を当ててみる。熱い。

が、オレに医学の知識なんてあるわけがなく、そもそもこの世界の人間のこと自体まったくもって分かっていない。

「スキル【再生】って熱の症状にも効果あるのか？」

『蒼太《そうた》様、お待ちください』

オレがリュミエの回復を試みようとしたその時、メカニーが止めに入った。

「うん？　なんだ、何か分かるのか？」

『これは――魔力覚醒《かくせい》による熱かもしれません』

「……え？　魔力覚醒ってどういうことだ？」

『ノーアビリティが魔法を使えないのは、体内に魔力を溜《た》める仕組みが存在しないためです。ですので、通常それが覆ることはありません。ですが、奴隷契約を強制解除した際、蒼太様とリュミエ様との間に何らかの繋《つな》がりが発生したのでしょう。さらに蒼太様の力を使って作った料理を食べ続けたことで、体に変化が起こったものと思われます』

オレはスキル【鑑定】で、リュミエのステータスを覗《のぞ》いてみる。

するとそこには、【ラスボスの眷属《けんぞく》】という職業、それから今まで存在しなかったはずのMPとSPが表示されていた。

数値はまだMP30、SP10ととても低い。

だが、これが表示されるか否かには、きっととんでもなく大きな差があるはずだ。

「……リュミエ」

「？　は、はい」

「もしかしたら、リュミエも魔法が使えるかもしれないぞ」

「⁉　え、ええと……ノーアビリティは生まれながらの体質で、それが覆ることは」

「うん、普通はな。でも今、リュミエの中にもMPとSPが存在してる」

「………え⁉　そ、そんなまさか」

リュミエは頭に「?」を浮かべて自身の手のひらを見つめ、それから体のあちこちをペタペタと触っている。どうやらだいぶ混乱しているようだった。

まあ、オレだって転生前なら、突然「魔法が使えるようになりました」なんて言われたらそいつの頭を疑っただろう。

「……ま、魔力があったことがないので、よく分かりません」

「体調が回復したら、ゆっくりいろいろと試していこう。その熱も、魔力に体が慣れてないから、その影響かもしれないんだ」

「は、はいっ」

◇◇◇

「おはようございます、ソータ様」

「おはよ。体調はどうだ?」

「もうすっかり元気です。魔力は、相変わらずよく分かりませんけど……」

あのあとリュミエの熱はさらに上がり、一晩中うなされていたが。

しかし朝方には平熱に戻り、今は何事もなかったかのように回復している。

どうやらメカニーが言った通り、魔力覚醒による熱だったらしい。

今日は引っ越しもする予定だし、回復してくれてよかった……。

朝食はスライムスルメと生姜(+塩)を加えて作ったお粥《かゆ》、それからセリとたけのこの炒《いた》め物、あとは林檎《りんご》を切って出した。

……セリうまいし好きだけど、そろそろ野菜にバリエーションが欲しい！

あと塩以外の調味料な！　塩もうまいけども！！！

元々コンフードすらまともに与えられてこなかったリュミエは、まったく気にせずおいしく食べているようだったが。

しかし日本で普通の食生活を送っていたオレにはどうしても物足りない。

「朝ごはん食べ終わったら、引っ越しの準備を始めたいんだけど……いけそうか？」

「は、はいっ」

「大丈夫、何かあったら必ず守るよ。それに、リュミエはもうノーアビリティじゃないんだぞ」

「そ、そう、ですよね……っ」

まあ、今まで酷《ひど》い目に遭わされてきたわけだし。怯《おび》えるのも当然だろう。

しかもそうした扱いが法で認められているというから本当に腹立たしい。

オレが転生したのがラスボスじゃなくて王様だったら、そんな制度すぐになくしてやるのに。

第五章　ラスボス、地上に拠点を得る

「ソータさん、お待ちしておりました。……そちらのお連れ様は？」

「あー、ええと……森の調査中にモンスターに襲われていて……。一人では危ないので、しばらく一緒に行動することになりました」

「そうなんですね。お名前は？」

「り、リュミエさん、っと。了解しました」

「リュミエさん、っと。了解しました」

もっと突っ込まれるかと思ったが、ティアは何事もなかったかのように処理し、それ以上リュミエについて触れることはなかった。

冒険者にはよくあることなのだろうか？

「それではお部屋へご案内しますね。ソータさんのお部屋は７０３号室です」

部屋に着くまでの道のりで、ティアはこの《ブレイブ》内のことを教えてくれた。

ちなみにこの建物は、

一階……冒険者受付とクエスト案内、応接室、酒場
二階……ギルドで働く人々の施設（オフィスや更衣室、休憩所など）、会議室

三階……短期滞在者用の宿泊施設（五日まで滞在可能）
四～八階……ギルド特待冒険者用宿泊施設（各階に三部屋）

となっているほか、

地下一階……倉庫
地下二階……牢屋《ろうや》など

として使われているとのことだった。

つまりオレが住むことになった７０３号室は、「ギルド特待冒険者用宿泊施設」で。

オレはギルド特待冒険者として認められたということらしい。

まだ何も仕事してないのに！


「――着きました。こちらのお部屋をご利用ください。引っ越しの手配は済んでいる、とギルド長から伺いましたが、荷物はどちらに？」

「せっかくなので買い直すことにしました」

「今からですか⁉　ええと、ラスタにはそういったお店がなくて……。大丈夫でしょうか」

ちなみにラスタというのは、この街の名前だ。

別名「最果ての街」と言われているラスタは、元々は「死の森」へ挑む冒険者たちによって作られた街らしい。

そのため薬や武器、防具などは充実しているが、それ以外を取り扱う店はほとんど存在しない。

「大丈夫ですよ。どうにかします」

「そ、そうですか。まあソータさんなら大丈夫ですよね。では私はこれで。分からないことがあれば、いつでも聞いてくださいね♪」

「ありがとうございます」

ティアは一礼すると、そのまま去っていった。


部屋は2LDKの広々とした造りで、リュミエと二人で暮らすには申し分ない。

セキュリティ面も、自身の魔力を使用してロックができる仕組みになっていて安心できそうだ。

ちなみに、料理というものがほぼ存在しないこの世界のキッチンは、主に薬やモンスター除《よ》けの毒薬などを調合するための場所らしい。

「リュミエ、ここはオレの家であり、君の家でもある。だからできれば、少しずつでも家族としてなじんでくれると嬉《うれ》しいな」

「私の……？　家族……？」

リュミエはぽかんとしている。

やはりリュミエには、そういう認識はなかったらしい。

「おいで、リュミエ。今日からここが君の部屋だよ。まだ何もないけど、これから家具やら何やら買い揃《そろ》えていこうな」

オレは二つある個室の一つにリュミエを連れて行き、そう説明する。

が、あまりよく分かっていない様子だった。

まあ少しずつ、だよな。うん。

とにかく、こうしてオレとリュミエは、地上に拠点を手に入れたのだった。

「とりあえず買い物に行くか。今日中にベッドと布団、テーブルと椅子くらいは揃えたいし」

「でもさっき、受付の方がこの街にはお店がないって……」

「ふふん、こんな時こそスキル【転移】の出番だ」

オレは宝物庫から持ってきた地図を広げる。

地図は、大陸全体の様子が分かる広範囲を示したものだ。

そのため詳細は描かれていないが、ざっくり位置を確認するにはまったく問題ない。

「さっきまでオレたちがいたダンジョンがここ、今いるラスタの街がここ。で、今から向かう先はここだ」

今から向かう予定の場所は、ラスタのさらに先にある田舎町「ボルド」。

ボルドは、オレたちがいたラストダンジョンと逆側の山を越えた先にある、小さな麓《ふもと》の町だ。

山に囲まれていることもあり、ここには多くの家具職人たちが暮らしている。

また、ギリギリ危険区域とされている範囲の外という境界域にあるボルドまでは商人も出入りしており、冒険者の手近な物資補給エリアにもなっている。

「もしかしたら、新たな食材も手に入るかもな」

「⁉　ほかにもおいしいものがあるんですか⁉」

モンスターが潤沢な死の森付近では、肉や魚に困ることはあまりない。

スライムスルメやきのこ類も比較的手に入る。

卵や牛乳、小麦粉、米も問題ない。

だが、野菜として使える植物がとても限られているのだ。

まだ果物の方が手に入る。

いくら毒を無効化できるとはいえ、何でも食品に変えられるわけじゃない。

セリやたけのこ、山芋以外にもいくつか試してみたが、固くて食べられなかったり、えぐみがすごかったり、なかなかうまくいかなかった。

――オレだけならどうにかなっても、リュミエにそんなまずいもの食わせたくないしな。

せっかくスキル【園芸】が使えても、種や苗がないんじゃどうしようもない。

が、貴族の贅沢品《ぜいたくひん》としてはコンフード以外の食品も存在しているわけで。

だったら、その元になる食材がどこかで入手できるはずだ。

まあそもそも、貴族の贅沢品とやらがいったいどんなものなのか分からないけど。

「……ソータ様？」

「ああ、ごめんごめん。ちょっと考え事してた。おいしいもの、あるといいな」

「はいっ」

「それじゃ、とりあえずボルドを目指すぞ！」

オレはリュミエを連れて転移を繰り返し、ボルドに向かった。

初めて向かうボルドへは、スキル【転移】を二十回ほど使ってたどり着いた。

距離的にはラストダンジョンからラスタの倍はあるが、スキルに慣れてきたためか一回当たりの距離を伸ばすことに成功した。

途中でリュミエが転移酔いして休憩し、到着までは一時間ほど要したが。

しかし歩けば何日もかかる距離だ。改めてスキルの有難さを実感する。

冒険者の街ラスタとは違い、ボルドは穏やかで住みやすそうな、のどかな田舎町だった。

町には酒場を含むさまざまな店が小さな家とともに点在していて、小さいながらに町としてしっかり機能している。

家具屋の外には、木を削り家具を組み立てている職人たちもいた。

ギルド《ブレイブ》の支店もあるにはあるが、ラスタのものよりだいぶ小さい。

というか！

この世界で人がちゃんと「生活」してるところ初めて見た！

ラスタは精鋭の冒険者たちが、死の森やラストダンジョンの攻略を目的に集まってくる場所で。

つまり、死と隣り合わせの最難関クエストを進めるための重要拠点ということでもある。

そのため冒険者はみなどこか緊張しており、気軽に話しかけられる空気ではなかったのだ。

「よし、あそこにいる職人さんに話しかけてみるか」

「おう、いらっしゃい！　何か探しものかい？」

「ええと、家具を一式揃えたいんですが」

「お、さては新婚さんだな？　二人で買いに来るとは仲良しだな」

家具職人の男は四十代くらいに見える、気さくで飾らない朗らかな男だった。

オレとリュミエに気づくと、顔を上げ、首にかけていたタオルで汗をぬぐって、まるで友人と話すかのようなテンションでそう声をかけてくる。

「ええと……オレたち冒険者でして。こいつはパーティーの一員なんです」

パーティーの一員という言葉に、リュミエが驚いたような顔でこちらを見ているが。

今はとりあえずそういうことにしておきたい。

「なんだ冒険者さんか、悪い悪い。ここは危険区域が近いから、間違って立ち入らないように気をつけろよ。あの辺りは恐ろしいモンスターがばんばん出るからな」

「ええと……実はラスタに住んでいまして。まあ引っ越したばかりなんですが」

「ラスタに⁉　い、いやそうか、ほかにも仲間がいるんだよな？　――そういやそこの嬢ちゃん、どっかで見たような」

その言葉に、リュミエはびくっとなってオレの後ろへ隠れてしまった。

――なんだ？　知り合いなのか？

「ボルドへ立ち寄ったのは初めてなので、恐らく人違いじゃないかと」

「はは、そうか。まあ好きに見てってくれや」

店内には、所狭しと多数の家具が並べられていた。

どれもきちんとした丁寧な作りで、転生前に見たちょっとお高めの家具と比べても遜色《そんしょく》ない。

オレみたいな素人が見ても、一目で立派な家具だと分かった。

「すごいな。リュミエはどんな家具がいい？」

「⁉　わ、私はいいです！　そんな、これ以上ご迷惑をおかけするわけにはーー」

リュミエはそこまで言って、あるベッドに視線をやった。

そしてそのまま釘付《くぎづ》けになり、じっと見つめる。

全体が真っ白く塗られた木製のベッドで、角となる部分は丸く磨き上げられ、枕元と足元にはそれぞれアーチ状のボードがついている。

「それがいいのか？」

「えっ？　え、いえその、そういうわけでは……」

そう言いながらも目が離せないリュミエに、思わず笑ってしまいそうになる。

なんだかんだで、反応は素直なんだよなこいつ。

「よし、それにしようか。棚と机も似たようなやつで揃えよう。すみませーん」

「はいよ！　決まったかい？」

「あのっ、でもっーー」


リュミエの家具は白い柔らかな雰囲気のもの、オレのはダークブラウンで統一した。

ほかにもリビングに置くテーブルやソファ、棚、本棚など、必要な家具を一通り揃えていく。

「布団は二組、ベッドに合ったサイズのをおまけしとくよ。発送には時間がかかるけど大丈夫かい？　ラスタまで行ってくれる配送業者は数が少なくてな」

「自分で持って帰るので大丈夫ですよ」

「いやいや、距離もそれなりにあるし、危険区域は山道も多い。さすがにこの量は持って帰れんだろう。いったいどうやって――」

　家具職人の男はまさか、という顔で笑っていたが。

　オレはアイテムボックスを展開し、購入した家具類を片っ端から収納していった。

「……こりゃあ驚いた。アイテムボックスってやつか。俺は今年四十五歳になるが、この規模のものは初めて見たよ。あんたあれか、貴族様付きの冒険者か？」

「え。ええと。すみません、訳あって詳しいことは」

「……そうか。なるほどな。大変だろうが死ぬんじゃないぞ」

　いったいどう思われたのか分からないが、男はオレの肩をぽんっと叩《たた》き、憐《あわ》れみを感じさせるような目を向けてきた。

　オレが言《い》い淀《よど》んだことで、どこかの貴族に無理矢理ダンジョン攻略を命じられたと思われたのかもしれない。

「あ、ありがとうございます。そうだ、あと一つ質問いいでしょうか？」

「うん？　なんだ？」

「この辺りに、コンフード以外の食料が手に入る場所はありませんか？」

「あっはっは。こんな田舎にはねえよ。王都にでも行きゃあ手に入るかもしれねえが、俺みたいな田舎暮らしの庶民には関係ねえ話だからな、詳しいことは」

「そうですか、ありがとうございます。――リュミエ、そろそろ行こうか」

「はいっ」

家具屋を離れたあと、ボルド内にあるほかの店もいくつか回ってみた。

その途中で訪れた酒屋で、日本酒のような味わいのもの、それから宝物庫にもあった生姜酒《しょうがざけ》を各一本ずつ購入する。

「——リュミエ、少し寄り道してもいいか？　せっかくだし山を探索したくてさ」

「はい、もちろんですっ」

人気《ひとけ》のない場所を探し、そこから【転移】で山の中へと移動したところで、安全のためリュミエには《認識阻害ローブ》を着てもらうことにした。

「——これ、本当に私が使ってもいいんですか？」

「むしろ使ってくれ。オレはなくても平気だから。なんたってラスボスだからな」

「わ、分かりました。ありがとうございます」

それに加えて、万が一のことを考えてオレの【絶対防御】で囲ってある。

あまり離れると効果が消えてしまうが、近くであれば防御膜を分割できることが分かったのだ。

というより、オレのイメージや願望でスキルが変化している、という方が正しいかもしれない。

スキル【探知】で周囲を探ってみると、山には驚くほど豊富な食材が揃っていた。

ニンジンや大根、ゴボウ、玉ねぎ、キャベツ、青じそ、ねぎ、トマト、じゃがいも、さつまいも、にんにくなど、いたるところに野菜がある。

そしてなんと！　ついに【コショウ】の実を発見した！

まさかコショウをこんなに愛《いと》おしく思う日が来るなんて、転生前は想像すらしなかったな。

神様コショウをありがとう……。

「――来るときは気づかなかったけど、よく見るとすごいな。思った以上だ」

オレは見つけた野菜を各種少しずつ収穫し、アイテムボックスへと放り込む。

見た目がオレの知っている野菜と違うものも多く、そこが気にはなるが。

しかし【鑑定】がそうだと言っているのだから恐らく間違いないのだろう。

まあ異世界だしな！　スライムがスルメになる世界だし‼

――にしても、この世界の植物は季節も気候もお構いなしだな。

なんかこう、もうちょっと季節感も考えてほしいんだが⁉

『地表近くは魔力で満ちているため、その環境で育つ植物のみが残っています。ただし、魔力濃度の高い地域では生息できない植物もあります』

なるほど、だから死の森付近には限られた植物しかなかったのか。

――って、だからメカニーは勝手に人の心を読むなあああああ！

「あ、そうだリュミエ、そういや腹減ってないか？」

「えっ……えと、実は少しすいてるかもしれません……」

「よし、じゃあ遅くなったけど、この辺で昼飯にしようか」

オレは周囲に人がいないことを確認し、宝物庫にあった《認識阻害ローブ》を繋《つな》げた簡易テントを張る。

これでモンスターに襲われることも、人に気づかれることもないはずだ。

「実はお弁当を作ってきたんだ。って言ってもまあ、簡単なものばっかりだけどな」

「おべんとう……？」

「持ち運び用のごはんだよ。たまには外で食べるのもいいかなと思ってさ」

ずっと虐げられてきたリュミエにとって、外は今も怖いところのはず。

だから外が好きになれるように、少しでも楽しみを与えてやりたい。

今朝、ふとそう思って急遽《きゆうきよ》作ることにしたのだ。

——女の子の喜ばせ方なんて分からないし、オレにできるのはこれくらいしかないしな。

アイテムボックスから弁当を二つ取り出し、片方をリュミエに渡す。

ちなみに弁当箱は、最近練習中の植物魔法で木から作ったものだ。

くりぬき型で形が少しいびつだが、魔法初心者にしては頑張ったと思う。

喜んでくれますように！


「……あ、あけてもいいですか？」

「もちろん」

リュミエは広げた敷物（宝物庫にあった厚めの布）の上に座り、お弁当の蓋《ふた》をそっと開ける。

そして中身を見るやいなや驚いたような表情をして、それからキラキラとした目をこちらに向けてきた。やったぜ☆

「——っ！　こ、これ、すごいです！　この林檎《りんご》はラビリィでしょうか！　可愛《かわい》いっ」

——あ。

そうか、こっちの世界にはうさぎなんていないよな！

というかラビリィってなんだ？

『ラビリィは、耳が長くて真っ白な毛色をしている、人懐っこい、愛玩《あいがん》動物として親しまれている珍しいタイプのモンスターです』

――うん、多分なんかうさぎっぽいやつだな！

「はっはっは。よく分かったな。そうそう、ラビリィだよ。その箱に入った分は君の分だから、全部食べていいんだぞ。はいこれ、箸《はし》な」

「え、でも私、今日何もしてないのに……」

そう言いつつも、リュミエはもはや弁当箱から目が離せなくなっていた。

弁当箱の中には、スルメとしめじの炊き込みご飯、卵焼き、鶏《とり》の唐揚げ、セリとたけのこの炒《いた》め物、それからデザートの林檎が入っている。

限られた食材でそれなりに見栄えする弁当を作るのはなかなか大変だったが。

リュミエの様子を見て、作ってよかったと心が温かくなる。

「リュミエ、オレが最初、君になんて言ったか覚えてるか？」

「……？　え――っと、その、一緒にいてほしい、と」

「そうだ。君はこうして一緒にいて、話し相手になってくれてる。苦手な外にもついてきてくれる。役割は十分果たしてるだろ」

「……そ、そう、でしょうか。では、お言葉に甘えます」

二人でいただきますをしたあと、リュミエは卵焼きが気になったようで。

真っ先に卵焼きに箸を伸ばし、少し眺めてから口に含んだ。

「！？！？」

「お、その様子だと気に入ってくれたみたいだな。卵焼きっていうんだ。味つけはいろんなパターンがあるけど、今回は塩に少し砂糖を加えてみた。甘じょっぱさがクセになる味だろ？」

「はいっ。ふわふわでどんどん食べたくなる味ですっ」

リュミエはその後も、炊き込みご飯、唐揚げ、炒め物と次々に手を伸ばし、口に入れては恍惚《こうこつ》とした表情を浮かべている。

それが嬉《うれ》しくて、こっちはうっかり食べるのを忘れてしまいそうだ。

ちなみに唐揚げは生姜酒と塩で漬けて、小麦粉をまぶして揚げ焼きした。

米が手に入ったことで米ぬかから米油が作れるようになり、大助かりしている。

とはいえ、作るのにはかなりの米ぬかがいるため、植物性の油はまだまだ貴重品だ。

「一度にこんなにたくさんのものを食べられるなんて、夢のようですっ。このニワトルのお肉も、外側のカリッとした部分と柔らかいお肉がとっても合ってますっ」

「これは唐揚げな。味つけした鶏――ニワトルに小麦粉をまぶして揚げたものだよ」

「あの凶暴なニワトルがこんなにおいしくなるなんて……。ソータ様は優しいうえに強くて、さらに天才なんですねっ」

「あはは、ありがとな。朝から作った甲斐《かい》があったよ」

――これで塩と砂糖以外の調味料があったらな。

そしたら、もっとうまいものたくさん食べさせてやれるのに。

まあ生姜酒のおかげでだいぶ助かってるけど！

生姜酒だけじゃなくて、生の生姜が手に入るようになればもっと嬉しいんだけど。


デザートの林檎まで食べ終えて、しばらくのんびりと時間を過ごしたあと。

「そろそろ帰るか。帰ったら家具を設置して、日用品も買いに行かないといけないからな」

「私も手伝いますっ」

オレとリュミエが立ち上がり、弁当箱や敷き物、《認識阻害ローブ》でできたテントなどを片づけ終わったその時。

「――あれ、ソータじゃねえか！」

「え――？」

声に気がついて振り向くと、少し離れた位置にベルンたちがいた。

――まずい。

しかし今さら逃げられない。

リュミエに視線をやると、真っ青になってうつむき、固まっていた。

「元気そうで何よりだ。死の森以外で会うなんて初めてだな」

「こんにちは。こんなところで何してるの？」

「あー、今日はちょっと買いたいものがあって……」

アレスタは、オレに話しかけているベルンとアルマの少し後ろで、もう一人の少女とともに地図を見ていたが。

少女の方がふと顔を上げ、そして驚いたような表情を浮かべた。

「……アレスタ」

「アクエル、服を引っ張るのはやめなさいといつも言ってるでしょう」

水色の髪の魔導少女――アクエルに服を引っ張られ、アレスタは迷惑そうに顔をしかめる。

そしてアクエルの視線をたどってこちらを、リュミエを見て、動きを止めた。

「……ソータさん、これはいったいどういうことです？」

「こんにちは。……これ、とは？」

「そこにいる奴隷のことです。その奴隷は、先日僕たちが探していた奴隷ですよ」

「あれ、そういやたしかに。どういうことだ？」

「本当だわ。言われてみればそうね」

アレスタの言葉で、ベルンとアルマもリュミエに注目する。

目の前にいる少女が、かつての自分たちの奴隷だと気づいたようだった。

リュミエはオレの後ろに隠れるようにくっついて震え、アレスタはオレの様子を探るように、まっすぐにオレの目を見ている。

先ほどまでの和やかさが一転し、今や完全に修羅場状態だ。

「この子――リュミエは、死の森でモンスターに襲われていたのを助けたんです。でもオレが助けたときには、すでに奴隷契約なんてしていない、普通の女の子でしたよ」

「なっ――そんなはずは」

「それで、オレも手伝い要員が欲しかったし、自分が護《まも》る代わりに手伝いをしてほしいと依頼したんです」

あまり嘘《うそ》を重ねたくはないが、今はリュミエを守ることが最優先事項だ。

アレスタは恐らく、自らの立場が悪くなるようなことはしないタイプだろう。

正式な契約者以外が奴隷に手を出すことはできない、と法で定められているからには、契約の刻印がないリュミエにどうこうすることはできない……はず。

「……契約の痕跡《こんせき》を確認させてください」

アレスタは手のひらをリュミエに向け、何かを唱え始めた。

まあ、はっきりさせてくれた方がこっちも助かる。

……痕跡、ないよな？

アレスタはしばらくリュミエに手をかざし、契約の痕跡を探ることに集中していた。

だが、どうやら痕跡は見つけられなかったらしい。

「……おかしいですね。たしかに間違いないはずなんですが」

「契約の痕跡がないなら、顔が似てるだけじゃねえか？　何にせよ、ギルドで書類を確認すれば分かることだろ」

「……ですが奴隷に契約の痕跡がないとなると、正直厳しいですね。下手をすれば、売った奴隷を奪い返そうとしている、などと疑われかねません」

——契約の痕跡って、普通は残るもんなのか？

『契約の痕跡は通常、契約者本人が解除しない限り死ぬまで残り続けます』

（まじか。これもあれか？　ラスボス効果なのか？）

『恐らくは。蒼太様のスキルには、この世界の常識とは少し違う効果があるようですので』

うーん。自分自身のことが分からなすぎる……けど。

「それなら、取引をしませんか？」

「……取引？　いったいどんな取引です？」

困った様子で考え込んでいたアレスタは、オレの「取引」という言葉に反応し、視線をこちらに向ける。

「ギルドの書類が本当にあるのなら、リュミエは元々、本当にアレスタさんの奴隷だったのかもしれません。ですが、今は違うということもまた事実です」

「……それは分かっています。まったくどんな手を使ったんだか」

アレスタは嫌悪感を顕《あら》わに、蔑《さげす》むような目でリュミエを睨《にら》みつける。

でも、とりあえず話の分かるヤツで助かった！

どうせいつかは——と思っていたし、だったら今がその時だろう。

「ですから、オレがあなた方にお支払いしましょう。それでいかがですか？」

「……なるほど。正式に買い取ってくださる、と。そういうことですか？」

「ええ。奴隷は買えばそれなりの値段がするようですから。それにオレとしても、あなた方との関係に禍根が残ったら嫌ですしね。もちろん、ちゃんと買った金額お支払いします」

頼む。了承してくれ——！

アレスタはしばらく考え込んでいたが、全額戻ってくるなら損はないと結論づけたのだろう。

「……分かりました。では近々一度、ギルドで落ち合いましょう。ソータさん、身体強化魔法は使えますか？　ラスタまでどのくらいかかります？」

帰りは最短なら数秒——とは言えない。

「ええと、オレはもう帰るところですし、そちらに合わせますよ」

「では、一週間後でどうですか？　僕たちはこれからクエストに出ますが、アクエルの身体強化魔法があるのでそれくらいには戻れると思います」

「分かりました」

「せっかくタダで見つけたってのに、なんかわりぃな」

「いやいや、こういうことははっきりさせておいた方がいいですから」

「……早く次の奴隷を買わないと、荷物持ちがいなくて大変。本当に、いったいどんな手を使ったの？　優しそうな人に拾われて、運がよかったね、シロ」

アクエルは侮蔑《ぶべつ》と嫌悪の混じった表情で、リュミエの方を見る。

「あ、そうだ荷物！　シロ、おまえの行動を今さら責める気はねえが、荷物だけでも返してくれ。あの荷物には大事なものが入ってんだ」

「——あ、その」

リュミエがモンスターに襲われていた際、横にボロボロになった荷物が散乱していた。

おそらくあれのことだろう。

「リュミエを見つけたとき、荷物なんて持ってませんでしたよ」

「……それなら弁償させるしかないですね」

――――は？　弁償？

あんなボロボロの服一枚で放り出されていたリュミエに、まともな所持金があるとは思えない。

そんなこと、リュミエを管理していたアレスタが一番分かっているはずだ。

それなのに……。

「――その、私、お金持ってなくて……」

「生き延びていながら勝手に逃げて、これだけ迷惑をかけておいて、まさかこちらが被った損害すらなかったことにするつもりですか？」

「で、でも私、本当に――」

リュミエは青ざめ、震える声で必死にそう説明するが……。

アレスタに許す気はなさそうだった。

「――分かりました。こいつは今、オレの保護下にあります。オレが弁償します」

オレは怒りで震えそうになる声を必死で落ち着かせ、表情を取り繕って交渉を持ちかける。

「……なぜこの奴隷にそこまで肩入れするんです？　まあソータさんがそれでいいなら、こちらとしては構いませんけど」

「オレは、この子を守ると約束したので」

「……はあ。分かりました。では次お会いする時までに計算しておきま――」

「いや、待ってくれ」

アレスタは話を終えようとしたが、ベルンがそれを遮った。

「なんです？」

「ソータはアルマの命の恩人だぞ。さすがにそれは違うんじゃねえか？」

「いいえ、違いません。あの荷物には【スキルストーン】が二つも入ってたんですよ？　いったいいくらすると思ってるんですか」

「けど、俺らだって治癒の対価なんて払ってねえじゃねえか。仲間の命の対価だぞ？」

「……それはまあ、そうですけど」

「今ここにいるのは、フリルっていうソータの相棒だ。俺らの奴隷だったあれは死んだんだよ。だから荷物も戻ってこない。それでいいだろ」

……うん。

ベルンは本当いいヤツだな！　かっこいいぞ！

フリルじゃなくてリュミエだけど！！！

「またあなたはそうやって……！　もういいです。だったら僕は、このパーティーを抜けさせてもらいます。これ以上ベルンには付き合いきれません」

「……私も。アレスタについていく。ベルンのやり方には、前から疑問があった。冒険者は慈善事業じゃない」

「なっ――。ああそうかよ！　二人とも勝手にしろっ！　俺は命の恩人に損失を肩代わりさせる男にはなりたくねえからな。そもそも奴隷だって、俺は元々反対だったんだっ」

「ち、ちょっと待ってよ！　クエストはどうするの⁉」

何やらケンカが始まってしまった。

「クエストはベルンが請け負ったものです。僕には関係ないことですよ。……ああそれから。ソータさんやシロに支払わせるのが嫌なのであれば、僕とアクエルの損失分はあなたが補填《ほてん》してくださいね。――アクエル、行きますよ」

「はい、アレスタ」

「そ、そんな――。ちょっとベルン、何か言いなさいよっ！」

「はっ！　あの程度のクエスト、俺とおまえでどうにかなる。金だって欲しいならくれてやるよ」

アレスタとアクエルは、ベルンとアルマに背を向けラスタへと引き返していった。

「あっ、えっと、ごめんね？　こんな見苦しいところ見せちゃって」

「い、いえ。こちらこそなんかすみません……」

「でもどうしよう……私もベルンも、身体強化系の魔法は使えないのよ。これじゃクエストの期限に間に合わないかも」

アルマはそう、困ったようにため息をつく。

アルマの話によると、元々アレスタとアクエルは二人の仲間ではなかったそうで。

ギルドで声をかけられ、身体強化魔法に惹《ひ》かれたベルンが迎え入れたのだという。

――なるほど。なんか納得だな。

「――あの、もしオレでよければ、今回限りですが手伝いましょうか？」

「え？　で、でもソータさん、身体強化魔法なんて使えるの？」

「――ええと」

スキル【転移】の存在は、ギルド登録の際に話していない。

それにこの二人は悪いヤツには見えないが、だからといって重要な秘密を明かせるほど信用しているわけでもない。

なら、今スキルのことを明かすのは時期尚早だろう。

「——ま、まあ実は。多少使えます」

たしか、魔導書に身体強化魔法のやり方が書いてあったはず。

使ったことはないけど！

「ソータさん、あなた本当にいったい何者なの？　……い、いいえ、詮索《せんさく》はよくないわよね。ねえベルン、どうかしら？」

「……でも、ソータも用事があってここにいたんじゃ」

「いえ。オレらは用事を済ませて帰るところです」

「そうか……。何から何まで悪い。でも受けたからには、クエストの期限は破りたくねえんだ。今回だけでいい、力を貸してくれ。頼む」

ベルンはオレの方へ向き直って頭を下げる。

また、アルマもそれに続く。

「分かりました。……ええと、数分だけここで待っててもらえますか？」

「え？　あ、ああ分かった」

オレはベルンとアルマから見えない位置へ行き、アイテムボックスから魔導書を取り出す。

——ええとたしか……あった！

なるほど。これくらいなら問題なさそうだな。

安全性も問題なし——と。

試しに自分にかけて安全性を確認し、二人とリュミエが待つ場所へと戻る。

「お待たせしました。では——」

オレは先ほど自分にかけたのと同じように、ベルンとアルマ、それからリュミエにも身体強化魔法を施す。

魔法の展開は十数秒ほどで完了し、三人に身体強化が付与された。

「——これで問題なく動けるはずです」

「……こ、これは」

「な、なんだこれ……体がすげえ軽いぞ……」

「——へ？」

あれ、魔導書の通りにやったはずなんだけどな……。

ま、魔力が暴走して三人に危険が及ぶ——なんてことはない、よな？

「あ、あの、これで大丈夫そうでしょうか？」

「大丈夫なんてもんじゃねえよ。おまえやっぱりすげえな。これならクエスト期限の半分くらいで終わりそうだ」

「ええ。ありがとう。それじゃあ行ってくるわね。お礼は必ずします」

——え？　あれ？

「え、二人で大丈夫なんですか？　オレも一緒に——」

「クエストの遂行は元々俺ら二人の役割だ。あいつらは、基本的には魔法での補助のみって契約だったからな。だからこれだけ強化してもらえれば問題ねえよ」

「そうですか、分かりました。ではお気をつけて」

オレの身体強化を受けたベルンとアルマは、すさまじい速度で飛ぶようにボルドの方へと向かっていった。

「さ、さすが手練《てだ》れの冒険者二人だな。すげえ……」

ベルンもアルマも、動きにまったく無駄がない。

これが死の森まで実力で勝ち進んできた冒険者ってやつなのか……。

「——え。ええと、たしかにお二人はすごいですけど、でも本当にすごいのは……」

◇◇◇

ベルンたちと別れたあと、オレとリュミエはギルド《ブレイブ》の上層階にある「ギルド特待冒険者用宿泊施設」へと戻った。

「リュミエ、お疲れ様。大丈夫か？　久々の外で疲れただろ」

「えっ、いえ、平気で——あ、あれ」

リュミエはそこまで言って、その場にぺたんとへたりこんでしまった。

朝から引っ越しして、転移を繰り返して買い物をして回り、食材を集めて、さらにベルンたちとも遭遇してしまった。

外が怖いとラスボスエリアに引きこもっていた少女が、これで疲れないわけがない。

「無理させてごめん。今日はもう、ゆっくり休んでいいよ」

「い、いいえ。体は本当に平気なんです。ただちょっと、無事ここに帰ってこられたことにほっとしてしまって――」

リュミエは震える声でそう返す。

――そういうことか。

「オレの不注意で怖い思いさせてごめんな。――あ、そうだ」

オレはキッチンへ行き、グラスに氷と水、それから先日作った林檎《りんご》とラズベリーのジャムを入れ、くるくるとかき混ぜる。

本当は炭酸水があればもっといいけど――まあ炭酸は好みも分かれるし、とりあえず今はこれでよしとしよう。

「リュミエ、はいこれ。甘酸っぱさが疲れた体に染み渡るぞ」

「わあ……！　これはこの間のジャムですか？　ありがとうございますっ」

リビングの隅に座り込んでいるリュミエの横に座り、同じように作ったドリンクに口をつける。

「ふあ――おいしいです……体が喜んでいる気がします……」

「な、うまい。それにしても、ノーアビリティって本当に生きづらいんだな」

「えへへ、仕方ないです。ノーアビリティは邪魔者なんです。だって本当に役立たずですから」

リュミエは悲しそうに笑う。

「役立たずなんかじゃないぞ。リュミエがいてくれることでどれだけ救われたと思ってるんだ。ごはんがこんなにおいしいのも、君がいるからだよ」

「？　ごはんを作ってるのは、ソータ様ですよ？」

「あはは、リュミエがいるだけでおいしくなるんだよ」

頭に「？」を浮かべているリュミエの髪を、そっと撫《な》でる。

本当に、こんな子どもに救われてるなんて情けなくもあるけど。

でも、こいつがいてくれてよかっ――。

ピーンポーン
ピンポンピンポンピーンポーン
ピポピポピポピポピーンポーン！

「うるせえよ！　――ったく誰だ人がせっかくゆっくりしてるときに！」

仕方なく立ち上がり、玄関へ行ってドアを開けると。

そこにはミステリアがいた。

「おおソータ。引っ越しおめでとう！」

「……あー、アリガトウゴザイマス」

「せっかく直々にお祝いに来てやったのに、なんだその嫌そうな目は。さすがに傷つくぞ！」

ミステリアはぷくっと頬を膨らませ、不満そうにオレを見上げる。

「ミステリアは、今日は仕事休みなのか？」

「いや、仕事だぞ。でも同じ建物内だからな。抜け出してきた。ちなみに私もこのギル特の一つ上の階に住んでるんだ。何か困ったことがあったら、いつでも訪ねてくるとい――」

そこまで言って、ミステリアはふと何かに気がついた様子で鼻をヒクヒクさせる。

「こ、この匂いは――先日のジャム！」

「え？　あ、ああ、氷と水で割って飲んでたんだよ」

「なっ、そんな使い方があったのか！　わ、私にも一杯――」

来て早々厚かましいな！

「ごめん、今はちょっと――相棒が疲れてるんだ」

「そ、そうなのか……それならまあ、仕方がないな。突然来て悪かった」

――はあ。

まったく、厚かましいくせにこういう時は物分かりがいいんだよな、こいつ。

露骨にしゅんとしてしまったミステリアを見て、何となく後ろめたいような、申し訳ないような気持ちになる。

まあ、一応お祝いに来てくれたんだしな。

「……あー、そうだ。今日、よかったら夕飯うちで食っていくか？　ちょうど新しい食材も仕入れたところだし、ここを手配してくれたお礼も兼ねて」

「い、いいのか!?　食べる！」

ミステリアはキラキラと目を輝かせ、前のめりになって期待の眼差《まなざ》しを向ける。

近い近い近い！

そんな美少女ロリの姿でスレスレの位置まで来るなあああああ！

「な、ならそうだな……夜八時ごろでどうだ？」

「分かった。そうと決まればさっさと仕事を終わらせなければ。約束だぞソータ。忘れるなよ！

それじゃあまた夜に！」

ミステリアはそれだけ言い残して、猛ダッシュで仕事へと戻っていった。

まったく、元気なヤツだ。


「ごめんな、騒がしくて」

「い、いえ。先ほどの方、ギルド長さんですよね」

「そうそう。以前、諸々《もろもろ》の口止め料としてジャムをあげたんだけどさ。それ以降やたら懐かれちゃって。……夕飯、一緒でもいいかな」

「ギルド長さん嫌がらないでしょうか……。私、その間どこかに隠れておきましょうか？」

「いやいやなんでだよ。リュミエを隠すくらいならミステリア追い出すわっ」

思わずそう突っ込んだが。

それを聞いたリュミエは一瞬驚いたような表情を見せ、赤面してうつむいてしまった。

冷静に考えたら、恥ずかしいことを言ってしまった気もする……。

「ま、まあとにかくそういうことだ。夕飯までに家の環境を整えないとな」

オレは今日購入した一式をアイテムボックスから出し、それぞれの場所へと配置していく。

リュミエも手伝おうとしてくれたが、アイテムボックスから出すだけなので特に手伝ってもらうこともなく。

　家具の配置は三十分ほどであっという間に完了した。

「……ここ、本当に私が使っていいんですか？」

　リュミエは、ボルドで買ってきた専用のベッド、机と椅子、棚二つが置かれた部屋とオレを交互に見て、入るべきか否かを決めあぐねているようだった。

「リュミエの部屋なんだから当然だろ。部屋には勝手に立ち入ったりしないから、好きにしていいよ。欲しいもの、足りないものがあったら教えてくれ。それから、これも今日からリュミエのだ」

「…………これは？　バッグ、ですか？」

　オレはリュミエに、斜めがけできる長い紐《ひも》のついた小さいバッグ——いわゆるポシェットを渡す。宝物庫にあったものだ。

「これはポシェット型のアイテムボックスだよ。容量はそんなに多くないけど、中に入れたものは一週間くらいならそのままの状態で保管できるし、何より本人以外は取り出せない。あると何かと便利かと思ってさ」

「!?　そ、そんな！　こんな貴重なアイテムいただけませんっ」

　リュミエは、慌ててオレにアイテムバッグを返却しようとする。

「……そうか、オレは既にアイテムボックスを持ってるし、リュミエが使ってくれないなら捨てるしかないなあ。もったいないけど」

　このままではリュミエが受け取ってくれそうにないため、あえて大げさにため息をついてみる。

　案の定、リュミエはあたふたとうろたえ始めた。よし！

「えっ、そっ、捨てっ⁉　でもこんな、私なんかがこんないい思いをしていいのでしょうか……」

「リュミエ、おまえはこの世界で最強とされてるラスボスの、大事な相棒で家族なんだぞ？　むしろこんなんじゃ足りないくらいだよ」

「あ、相棒で……家族……」

「……そこはそろそろ受け入れてくれないと泣くぞ。オレ一人で思ってるなんて悲しいだろ」

まあ、長らく奴隷だったわけだし無理もないけど。

でも早く、奴隷という鎖から解放してやりたい。

「す、すみません。今までずっと、そういうのとあまりに無縁だったので。……あ、あのっ、それなら一つお願いがありますっ」

「うん？」

リュミエは意を決したように、真剣な目でオレを見る。そして。

「私をちゃんと使える、ソータ様のお役に立てる相棒にしてください。ただ守られてるだけなんて、そんなの相棒とは言えません。もう、役立たずは嫌なんです……」

震える小さな体から、その決意の強さがひしひしと伝わってきた。

リュミエがこんなにはっきりと自分の気持ちを伝えてくれたのは初めてだ。

――はは、これは嬉《うれ》しいな。

役立たずだなんて、そんなふうに思ったことは一度もないけど。

でもきっと、そういうことじゃないのだろう。

「……分かった。実は近い先、ラスボスエリアに料理屋をオープンしようと思うんだ」

「料理屋、ですか？」

「ああ。お客さんにおいしいごはんを提供するお店だよ。それを、リュミエと一緒にできたら嬉しいなと思ってる。もちろん、ほかにやりたいことがあれば強制はしないけど」

「！　わ、私、料理屋さんやりたいですっ！　お役に立てるのなら何だってしますっ！」

リュミエの表情が、一気にぱあっと明るくなる。

頬を紅潮させ、興奮すらしている様子だ。

「ありがとう。嬉しいよ。……そういやリュミエは、読み書きや計算はできるのか？」

「文字が読めるか、ということでしょうか。その、ごめんなさい、私……」

「ああ、いや、いいんだ。できないならこれから覚えていけばいい。オレだって、まだまだこの世界のこと全然分かってないしな」

「はいっ！　私、頑張りますっ！」

――そういや、オレの力がリュミエに流れることでノーアビリティじゃなくなったんだよな？

だったら、メカニーとリュミエが会話できるなんてことは――。

『可能です。リュミエ様を接続先に加えますか？』

――お、おう。

『リュミエ様を接続先に追加しました』

「！？！？」

突然メカニーの声が聞こえ始め、リュミエはびくっとして周囲をきょろきょろと見回す。

「リュミエ、大丈夫だよ。メカニーの声だ」

「め、メカニー？　どなたでしょう？　いったいどちらに……」

「ああ、言ってなかったか。オレ専用のナビゲーションシステムなんだ。要は困ったときに手伝ってくれるサポート役ってところだな。実体はないけど」

「な、ナビ……？　そんな方がいらっしゃったんですね。声だけとは不思議です……」

「リュミエにもオレの魔力が流れてるし、もしかしたら――と思ってさ。まあ仲良くしてやってくれ」

「は、はいっ！　メカニー様、よろしくお願いいたしますっ」

リュミエは、きょろきょろしながらそう頭を下げる。

どうやら、どこを向いて話したらいいのか困っているようだ。可愛《かわい》い。

『こちらこそよろしくお願いいたします。私のことは呼び捨てで構いません』

「え⁉　そ、そんな！　せめてメカニーさんと呼ばせてくださいっ！」

『承知しました。ではメカニーさんとお呼びください』

「はいっ、メカニーさん」

というか、こんなことできるならできるって教えてくれてもいいのに！

こいつ本当にオレをサポートする気あんのか？

『私を共有しようなんて考えたラスボスは、蒼太様が初めてですので』

「まあそうかもしれないけどさ……」

というか、これあれだな。

気をつけないと、オレの思考がメカニーを通してリュミエにばれる可能性が！

「まあいいや。メカニー、夕飯の時間まで、リュミエに読み書きを教えてくれるか?」

『承知しました。アイテムボックス内にある【木材】と【米】、【岩】、宝物庫にある【粘土】から、ノートと鉛筆を生成してもよろしいでしょうか』

――――え? は?

「え、あの岩から鉛筆が作れるのか?」

『はい。【岩】の元であるモンスター・ブラックリードの体には、鉛筆の素となる物質が多く含まれています』

あの岩に使い道があった……だと……?

念のため持ってきてよかった!

というか、これってスキル【アイテム生成】では!?

『はい。【アイテム生成】は、私が持っているスキルの一つです』

「え、おまえもスキル持ってんの!?」

『はい。ほかにも【情報収集】と【思念伝達】が使えます。これでも私は、神が作りし超優秀なラスボス用ナビシステムですので。えへん』

神が作りし! この世界の文明じゃないのかよ!!!

う、うっかりリュミエ以外の誰かに話さなくてよかった……。

「じゃあ任せたぞ。オレは夕飯作りに取り掛かる」

『かしこまりました。それではリュミエ様、お勉強を始めましょう』

「え、えと……よろしくお願いしますっ」

今日の晩ごはんは——そうだな、グラタンでも作るか！

みんなで分けて食べるのにちょうど良さそうだし。

オレはリュミエをメカニーに任せ、夕飯を作り始めることにした。

夜八時には、ミステリアも来る予定だ。

ちなみにグラタンは、転生前によく作っていた得意料理の一つ。

新居で作る記念すべき一回目の料理としても、きっと相応《ふさわ》しいはず。

そして何より！　オレが食いたい！！！


グラタンを作るために、まずはアイテムボックス内の食材をすべてキッチンに並べてみる。

——こうして見ると、それなりに困らないくらいには充実してきた気がするな。

そう思ったのだが。

「——固っ！　というかまずっ⁉　何だこれ本当にニンジンか⁉」

『はい。たしかに、ニンジンです』

ニンジンだけでなく、ゴボウや大根も繊維が固く、水分量も少なくて可食部がほとんどない。

味も、期待していたものとはだいぶ違った。

——キャベツも、オレが知ってるキャベツじゃないんだよなあこれ。

どう見ても固そうだし、結球になってすらないし。外皮部分がさらに頑丈になったような……。

どっちかというと、固めのほうれん草……？

「メカニー、スキル【鑑定】の結果が間違ってることって……」

『それはありえません。神に与えられし絶対的な力、それがスキルです』

――まじか。

いろいろ手当たり次第採ってきたけど、食材として適さないものも多いってことか？

まあでも、キャベツは炒《いた》めれば食えそう。

じゃがいもがあれば片栗粉《かたくりこ》も作れるし、芋類が入手できたのは大きいな。

あとはコショウとにんにく！

……いや、待てよ。

スキル【園芸】の力があれば、もしかしたらスキルの効果で何やかんやなって良い感じの野菜になるのでは⁉

品種としては合ってるわけだし！

よし、明日はラスボスエリアに戻って畑作りだな！

今日は、ニワトルのモモ肉とさつまいもを使ったチキングラタンを作る予定だ。

「……試しにこのほうれん草みたいなキャベツも刻んで入れてみるか。栄養価は高そうだし、運がよければ苦みがいい方向に効果を発揮してくれるはず。勝負だこのキャベツもどきめ！」

櫛形《くしがた》に切った玉ねぎをバターで炒め、角切りにしたさつまいも、モモ肉、さっと下茹《したゆ》でして刻んだキャベツ（仮）、きのこ類を加えてさらに炒める。

そこにバターをプラスして、コムの実で作った小麦粉を加えて全体に絡ませ、少しずつ牛乳を加えて伸ばせば――。

「よし、あとは塩とコショウで味を調えれば基礎は完成だな！」

味を見るためスプーンで口に運ぶと、滑らかでコクのあるホワイトソースが一瞬で口の中を支配する。

ミルキーな中に強いうまみと軸を内包したソースが体にじんわり浸透し、そのまま身も心もほぐされてしまいそうだ。

「うっまあああああ！」

不安だったキャベツも、下茹でからの炒めるという過程で苦みが飛んだのか、程よいアクセントとしてむしろ味をレベルアップさせている。

——キャベツは入れて正解だったな。ケールかほうれん草に近いけど！

あとは、コショウが手に入ったのもかなり大きい。

コショウがなければ、多分このバランスの良さは引き出せなかっただろう。

この世界に来て、改めてコショウの重要性を痛感した。

塩だけの生活には戻りたくないし、コショウは優先的に栽培しよう。

「器は——そうだメカニー、ちょっといいか」

『はい、なんでしょう?』

「この皿をいくつか合体させて、大皿にするなんてことは……」

『はい、可能です。何枚使用しますか?』

「そうだな……五枚分使って、少し深みのあるしっかりとした器にしてほしい」

『かしこまりました』

スキル【料理】の特典としてついてきた皿を五枚重ねて置くと、皿全体がぽうっと強く白い光を放ち始め、ものの数秒で大きなグラタン用の耐熱皿が完成した。

本当、まさかメカニーにこんな便利スキルがあったなんてな。

ぽんこつだなんて思っててごめん！

まあ本当にぽんこつな時もあるけど！

「ありがとな。助かるよ」

『お役に立てたようで何よりです』

あとは大皿にバターを塗って作った具材を入れ、上にスキル【料理】で牛乳から作ったチーズを散らしてこんがり焼けば——。

「できたあああああああ！！！」

ホワイトソースのミルキーかつ芳醇《ほうじゅん》な香り、焼けたチーズの香ばしい香りが部屋いっぱいに漂う。

ぐつぐつと煮えている様子や音もまた、一層食欲を刺激する要因になっている。

ちなみにオーブンの類はないため、薬を作る用に設置されている魔導コンロで下から、炎魔法で上から加熱してこんがり仕上げた。

我ながら素晴らしいできだ。

なんて思っていたそのとき。

ピーンポーン
ピンポンピンポンピーンポーン

ピポピポピポピポピーンポーン！

再び、来客を知らせる音がけたたましく鳴らされた。

「ソータ、改めて引っ越し完了おめでとう！　今日は特別な酒を持ってきたぞ。パーッといこうじゃないか！」

「お、おう……ありがとう……」

まるで旧知の仲であるかのように振る舞うミステリアに、思考が追いつかない。

が、ミステリアはそんなオレのことなどおかまいなしに鼻をヒクヒクさせ、早速チキングラタンに興味津々だ。

「ソータ、この人を惑わす魅惑的な香りはなんだ？　ジャムとはだいぶ違うように感じるが」

「ああ、今日はチキングラタンだよ。まあ上がってくれ」

「うむ、失礼する」

ミステリアを連れてリビングへ戻ると、リュミエが挨拶《あいさつ》に出るべきか否かとオロオロしていた。

本当、二人の性格を足して割ればいいのに。

「あっ、そ、そのっ、わた、私は」

「おお、君がソータの相棒か！　なるほど、なかなか愛らしい子じゃないか！　名前は？」

「え、えと、リュミエ、です」

「そうかリュミエか。私はこの下にある冒険者ギルド《ブレイブ》の長を務めている、ミステリア・リストンだ。よろしく」

「は、はい。よろしくお願いしますっ」

リュミエの緊張をものともせず、ミステリアは握手をしようと手を差し出す。

そんなミステリアに、リュミエは最初怯《おび》えた様子で困惑していたが。

しかし敵意はないと判断したのか、恐る恐る彼女の手を握る。

「リュミエは随分と怖がりだな。ソータにいじめられてるのか？」

「ち、違いますっ！　あっ、その、ごめんなさい……」

「リュミエにもいろいろあるんだよ。あまりいじめるな」

「なっ――！　べつにいじめてるわけでは！　私は幼女には優しい女だぞ！」

「え……幼女……私……幼女では……え……」

リュミエは、自分より身長の低い子どもに真正面から幼女扱いされ、ショックを受けたらしい。

納得いかない様子でうつむき、何やらぼそぼそとつぶやいている。

「ほ、ほら、そんなことより早く食べようぜ。二人とも座って」

「うむ。ソータ、グラスを三つ用意してくれ。それからジャムが欲しい」

――いや、うん。

だから本当、なんでこいつはこんな偉そうなんだ？

ここオレの家なんだが⁉

「これがチキングラタンか！　毒物のオンパレードなのにすさまじい魅惑効果だ。それにこの全体を覆っている白い液体はなんだ？　食べられるのか？」

「毒はないから安心してくれ。でも熱いから火傷《やけど》しないようにな」

オレは三人分の皿を用意し、グラタンを取り分けてそれぞれの前に置いた。

そしてグラスを出し、そこに氷、それから林檎《りんご》とラズベリーのジャムを入れ、そのうち一つに水を注ぐ。

「リュミエはまだ子どもだから、これで我慢な」

「ソータの相棒がこんなにも愛らしい美少女だとは思いもしなかったから、手土産はこれしかないのだ。申し訳ない」

「い、いえっ！　私これ大好きですから！　お気になさらずですっ」

残り二つのグラスには、ミステリアが持ってきた酒を注いだ。

発泡性のお酒のようで、ジャムの隙間からキラキラとした泡が上っていく。

「それじゃあ、新居での記念すべき一回目の夕飯ということで——乾杯！」

「乾杯！」

オレとミステリアは酒を、リュミエはジャム入りドリンクを飲み、それからフォークを手にしてグラタンを掬《すく》う。

コンソメがない分具材多めで作っているため、断面もだいぶ賑《にぎ》やかだ。

ちなみに酒は、スッキリとした日本酒のような味わいで。

ジャムとの相性も完璧《かんぺき》だった。うまい！

ミステリアもリュミエも、ドキドキした様子でグラタンを口へと運ぶ。

そして——。

「うまあああああああ！　な、なんだこのとろけそうな味はっ⁉」

「と、とってもおいひいれすっ」

「ふっふっふ。だろ？　グラタンはオレの得意料理の一つだからな」

「茶色く焦げた部分も、この白くとろりとした液体も、食べれば食べるほどいけない薬を盛られたような快感がこみ上げてくる――っ！　い、いったい私をどうするつもりだっ⁉」

ミステリアは体をよじりながら恍惚《こうこつ》とした目で、うっとりとグラタンの世界に入り込んでいる。

――喜んでくれるのは嬉《うれ》しいけど。嬉しいんだけど。

でももう少し自制心というものを持ってほしい。

食事してるだけなのにエロいってどういうことだよ！

でも多分無自覚すぎて突っ込みづらい！！！

「この紫と黄色の野菜、甘くて好きですっ」

「ああ、それはさつまいもっていうんだ。ほくほくしててうまいだろ」

「緑の野菜も、少し苦いのに嫌な感じがしなくて不思議です……」

「それはよかった。リュミエは何でも食べられて偉いなあ」

リュミエの頭を撫《な》でると、それに気づいたミステリアがじっとこちらを見る。

「わ、私だって全部好きだぞっ」

「あーはいはいエライエライ」

「おいなんだその態度の差はっ！　差別だあああああっ」

あー、なんというか。

死の森やらラスボスやらノーアビリティやらいろいろある世界なのに。
オレのまわりは平和だな……。

第六章　ラスボス、冒険者を救う（二回目）

新居へ引っ越した翌日から、オレはラスボスエリアの開拓に本腰を入れることにした。

――でもその前に。

腹が減っては何とやら、ってな。

今日の朝ごはんは何にしようか……。

そういえば、先日採ってきたコムの実の中に色が違うのがあったんだよな。

これはもしかしたら。

オレはコムの実をスキル【料理】で小麦粉にして、【鑑定】を使ってみた。

するとそこには――。

「よっし！　強力粉ゲットしたぞおおおお！」

酵母は林檎を発酵させた自家製酵母があるし、これでパンが作れるはず！

「今日はパンだな！　朝ごはんはクロックムッシュにしよう」

昨日のグラタンソースが残ってるし！

クロックムッシュは、パンにバターを塗り、ハムとチーズを挟んで、その上にホワイトソースとチーズをのせてこんがり焼いたものだ。

元々はフランスのパリ発祥と言われている軽食の一つだが。

日本のカフェでも販売されていて、転生前はオレもよく食べていた。

──まずはパン作りからだな！

ボウルに強力粉と砂糖、塩を入れて混ぜ、そこに自家製酵母と水を加えて粉っぽさがなくなるまで混ぜる。

生地がある程度まとまったら、まな板の上など平らな場所に出し、手でしっかりとこねていく。

──にしても、朝食のためにクロックムッシュをパンから作るなんて、優雅にも程があるな！

案外ラスボス生活も悪くない。かもしれない。

しばらくこねてパン生地らしさが出てきたら、米油を加えてまたこねる。ひたすらこねる。

グルテン効果で生地の伸びがよくなったら、乾燥しないよう布巾《ふきん》などをかけて発酵させ──。

──るんだけど。

ここはまあ、スキルの力でショートカットさせてもらおう。

じゃないとリュミエが起きるまでに仕上がらない。

ガス抜きをして型につめ、二次発酵を──。

「──ん？　型？」

しまった。食パンが焼けそうな型がない。

何か使えそうなもんなかったっけ……。

宝物庫へのアイテムを物色していると、少し短いが、食パンを焼くのに程よいサイズの宝箱を発見した。これでいこう。

ちょうど金属でできてるし！

宝箱の蓋《ふた》を外して綺麗《きれい》に洗い、内側にバターを塗ってパン生地を詰め込んでいく。

あとは発酵させ、焼いたら完成だ。

今回もグラタンの時同様、魔導コンロと魔法による挟み撃ち状態で焼いていく。

――うん、こんがり香ばしいこの香り！

間違いなくパンの匂いだ。

これはこのまま食べても絶対うまいやつ！

でも今日は――さらなる上を目指すっ！


パンが焼けたら型から外し、少し冷まして落ち着かせてからスライスしていく。

こんがり香ばしい外皮の内側からは、まるでシルクのようなきめ細かさの真っ白な部分が顔をのぞかせ、湯気を立ち昇らせる。

――と、そこで。

「おはようございます、ソータ様」

「お、リュミエ。おはよう。今日の朝ごはんは格別だぞ」

「！　とってもいい香りがします」

「ふっふっふ。そうだろ。少し味見するか？」

オレは焼きたてパンを少し切って、リュミエに渡す。

「熱いから気をつけろよ」

「わっ……軽い！　ふ、ふわふわですっ」

リュミエは、一口サイズに切った食パンをぱくっと口に含む。そして。

「んーっ！　おいしいです！　ホットケーキとはまた違ったかんじですっ」

「だろ？　これは食パンだよ。このままでも十分うまいけど、今回はさらにもうひと工夫だ」

「さらに、ですか⁉」

「そうそう。むしろここからが本番だぞ。こうやって切ったパンを並べて、バターを塗って、リュミエを襲った巨大豚から作ったハムとチーズをのせて――挟む！」

「お、おおお……‼」

これだけでホットサンドにしてもうまいけど、今日はあと一押し！

昨日のグラタンソースの残りを塗り、上からさらにチーズをたっぷりかけていく。

そして崩さないようにそっとフライパンに並べたら、再び上下から火を入れて……。

ホワイトソースとチーズが煮えたぎり、少しずつ焦げ目がついていく様子に、年甲斐《としがい》もなくわくわくしてしまう。

この時間はオレにとって、完成までの大事なカウントダウンなのだ。


「――よし、できた！　クロックムッシュだ」

「く、クロックムッシュ……！　とってもいい香りですっ。ぐつぐついってますっ」

「はいこれ、リュミエの分な。熱いから、ナイフとフォークで食べるといいよ」

「ありがとうございます」

テーブルにそれぞれの分を並べ、グラスに水を注いで席につく。

リュミエの視線は既に、おいしそうに湯気を立てるクロックムッシュに釘付《くぎづ》けだ。

「それじゃあ、いただきます」

「いただきますっ」

リュミエはナイフを入れて食べやすいサイズに切り分け、フォークで口へと運ぶ。

――ナイフとフォークの使い方も、だいぶうまくなってきたな。

お父さん嬉《うれ》しいぞ！

「はふっ！　はわ、おいひいれすっ。……食パン、外側はカリッと、中はもちもちですっ。熱々とろとろのチーズとソースがたまりませんっ」

「だろ？　気に入ってくれたようで嬉しいよ。とろとろチーズは正義！」

切った瞬間にトロッと流れてくるチーズに、思わず「よし！」という声が出そうになる。

そしてこの！　完璧なまでのコラボレーション！！！

ホワイトソースのコク深くも優しい味わいを、パンやバター、ハム、チーズの塩気がちょうどいい具合に引き締め、口の中を幸せで埋め尽くしてくる。

た、たまらん……！

――どれが欠けても、この完成度の高さは生まれないよな。

考え出したヤツ天才すぎる！

オレもリュミエも、あっという間にクロックムッシュを完食。

リュミエの満足そうな顔を見て、オレの中でクロックムッシュの朝ごはん定番メニュー入りが確

定した。

「今日は何をなさるんですか？」

「ああ、今日はラスボスエリアに畑と田んぼ、それから果樹園を作ろうと思ってるよ。自分のところで作った方が効率いいし、ちょっと試したいこともあるしな」

「ついに……！　わ、私も」

「いや、リュミエは家でメカニーと勉強会だ」

「ええっ。うう、はい……」

しょんぼりするリュミエに心が痛みはするが。

しかし読み書きや簡単な計算ができなければ、店の手伝いどころか買い物もろくにできず、日常生活にも支障が出る。

自由に生きるためには、ある程度の教養が必要だ。

「大変かもしれないけど、今は頑張って」

「は、はいっ！　料理屋さんをやるのにも必要ですもんね。頑張りますっ」

「よしよしえらいぞ。ありがとな」


メカニーにリュミエを任せたあと、オレはラスボスエリアへ転移し、本格的なリノベーションを開始することにした。

――奥は居住エリアにしたいし、入り口付近を畑にしよう。

地下だし、石畳の下は土、だよな？

だったら――。

「スキル【園芸】――開拓！」

地面に敷かれていた石畳がガタガタと音を立て、敷かれている絨毯《じゅうたん》ともどもボコボコと盛り上がり崩れていく。

見るも無残な姿になった石畳の下には、ふかふかに耕された土が姿を現した。

「す、すげえ……。でも問題は、この瓦礫《がれき》と化した石畳と絨毯をどうするかだな。ただ処分するのももったいない気がするし、何かに活用できればいいんだけど」

――そうだ。石垣にでもしてみるか？

居住エリアと畑を分けるのにちょうどいいかもしれない。絨毯はとりあえずアイテムボックスに入れておこう。

「メカニー、この瓦礫を集めていい感じの石垣にできるか？」

『可能です。【アイテム生成】を使って石垣を構築しますか？』

「おお、頼む」

『かしこまりました。――リュミエ様、少々お待ちください』

あ、そうか。同時にできるわけじゃないのか。

まあそりゃそうだよな。

そんなことを考えながら崩した石畳を見ていると。

一帯に散らばっていた瓦礫が光を放ち、シュッという音とともに消え失《う》せた。

そして。

居住エリアとの境目に立派な石垣、それから門が誕生した。

門となる部分はアーチ状のトンネルのような空洞となっている。

例えるなら、西洋風の城塞《じょうさい》のような形状だ。

門の扉自体はまだないが、想像以上の出来に驚いた。

『いかがでしょうか？』

「完璧《かんぺき》だよ。ありがとな、メカニー」

『恐れ入ります』

石垣の外側——ラスボスエリアの入り口側は、今やふかふかの土だけになり。

ラスボスエリアとしての外壁と天井に囲まれて異様な雰囲気を放っていた。

ここに日ごろの生ごみを粉砕して土と混ぜておいたものを撒《ま》いて、再びスキル【園芸】を使って土を作っていく。


——よし、こんなもんか。

あとは育てたい植物の種や苗を植えるだけだけど……。

田んぼと果樹園も作りたいし、場所を考えないとな。

田んぼと畑を手前の左右にそれぞれ分けて作って、奥の方を果樹園にするか。

広大なラスボスエリアの畑、田んぼ、果樹園を整えるのは、スキルを駆使しても数日がかりの作業となった。

まあ、もっと要領のいい方法もあったのかもしれないけど。

でも農作業なんて前世でもやったことないし、やっぱり実際に動いて仕組みを知っておくのも大事なことだろう。

種や苗を植え終えて、水分量を調整し、必要な処置を施して。

すべてが満足いく形に仕上がったのは、五日目の夜のことだった。

機械を使うにしても、これを虫や害獣、病気、気候と闘いながら人力でやっている農家さんは本当にすごい。

あとは太陽光が届かないのをどうするか、だけど……。

『スキル【園芸】には、日照機能が含まれています』

「……お、おう。日照機能ってすごいな。どういうことだ?」

『天井を疑似的な空に仕立て上げ、植物の育成環境を整えます』

「まじか。そんな機能があるなら先に言えよ！」

それがあれば、リュミエがここにいる間も全然違っただろうに！

『これはあくまでスキル【園芸】の一部です。リュミエ様は植物ではありません』

「あー、なるほど。植物を栽培してないと使えないってことか?」

『いえ、発動自体はいつでもどこでも』

…………うん。

まあしょうがない。しょうがないけど。

こいつナビゲーションシステムのくせに、この辺ぽんこつすぎでは⁉

◇◇◇

ラスボスエリアの園芸スペースも完成して、日々世話をしながら様子を見てまわること一週間。

野菜も米も、そしてなんと果実も、見事な実りを見せた。

実りを、見せた。

——いやいやいやいや。

植えたの苗木だったのに、どう考えてもおかしいだろ‼

米にいたっては、種籾《たねもみ》を植えて五日目には立派な稲穂をつけていた。

「この世界の植物、育つの早くないか？」

『ライスは元々生長の早い植物ですが、蒼太《そうた》様の力の影響も強いと思います』

「な、なるほど……。この速度で生長されると、オレとリュミエでは消費しきれないな。そういや毒はどうなるんだ？」

『蒼太様のスキル【園芸】で耕された土には、蒼太様の【浄化】の力が及んでいます。つまり毒はすべて消えます。そしてラスボスエリアは、所有者であるラスボスが倒されない限り、ほかの誰の干渉も受けません』

「なるほど、一度スキル【園芸】で浄化した時点で、ここで育つ植物はオレが死ぬまで永久に無毒ってことか」

『そういうことです』

そんなの、毒に冒されたこの世界じゃ最強のチートスキルなのでは⁉

でもこの速度で収穫し放題となると、ミステリアにお裾分《すそわ》けしても消費が全然追いつかないな。

こんな立派な収穫物、捨てるにはあまりにもったいないし、どうにかしたいけど……。

アイテムボックスに入れておけば腐りはしないが、ひたすら貯蔵し続けても宝の持ち腐れになってしまう。

「……何か有効活用できる方法を考えたいな」

でもとりあえずは、リュミエにもこの光景を見せてやろう。

浄化された影響か、ライスも変な攻撃は仕掛けてこないしな！


ギル特に戻ってリュミエに話をしようとしたその時、ドアの外がざわついているのに気づいた。

――なんだ？　なんかあったのか？

ドアを開けて廊下を覗《のぞ》くと、そこにいたのはベルンとアルマだった。

「あの、何かあったんですか？」

「……ん？　あれ、ソータじゃねえか。おまえもここに住んでたのか！」

「え、ええまあ。先日引っ越してきたばかりですが」

「そうだソータ、あのあと、アレスタたちを見なかったか？」

「アレスタさん？　いや、山で会って以降は見かけてませんね」

「そうか……」

いつも穏やかなアルマも、頭を抱えて怒りを滲《にじ》ませている。

ベルンもいつになく慌てた様子で、必死で何かを考えながら近辺を行ったり来たりしていた。

「……あの？」

「あ、ああ、うるさかったよな。すまん。実はアレスタとアクエルに、全財産を持ち逃げされちまったんだよ……」

「えっ――？」

「私たち、部屋を二つ借りててね、互いにどちらの部屋にも行けるように鍵《かぎ》を共有してたの。でもさっきクエストを完了させて戻ってきたら、どちらの部屋も空っぽになってて……」

――まじか。

というか警察とかそういうの、この世界ってどうなってんだ？

「全財産って、銀こ――なんかこう、お金を預けるシステムとかそういうのは」

「？　妙な言い方するな。銀行のことか？」

「あ、はいそれです銀行です」

銀行はまんま銀行として存在してるのか。恥ずかしい！

「もちろん預けてたさ。でも部屋の金庫にカードを入れたまま出てたんだ。……確認したら、二日ほど前に全部引き出されてるって言われたよ」

「このままじゃ家賃も払えないわ。クエストに出ようにも準備だって必要だし、装備品もそろそろ手入れしないと……」

「とにかく受付で相談するしかねえな。ソータ、騒いで悪かった。行くぞアルマ」

疲弊し、憔悴《しょうすい》しているベルンとアルマを見て、オレはふとあることを思いついた。

「あ、あのっ！」

「うん？」

「ええと……実はその、お願いがあって……。オレとリュミエに、冒険者としての戦い方を教えてくれませんか？」

「――え？　い、いやでも」

「ベテラン冒険者が駆け出し冒険者をパーティーに加えると、補助金がもらえるらしいです。以前酒場で話している冒険者がいて、調べたことがあって……」

リュミエの戦闘能力は分からないが、少なくともオレは、人間はもちろん、犬や猫とすら戦ったことがない平和主義者だ。

ベテラン冒険者である二人から戦い方を学べるなら、そんな心強いことはない。

まあモンスター相手なら、スキルが発動して一瞬だし、多分負けることはないけど。

でも人殺しはしたくないし、無難な戦い方も覚えておきたい。

「で、でもおまえ、死の森にいたってことは十分強いんじゃねえのか？」

「魔法はそこそこ使えるんですけど、物理的な戦いが苦手――というか、記憶喪失になった関係で戦い方が分からなくて……」

「……ベルン、受けましょう。補助金をもらってクエストを受ければ、とりあえず生きるのに必要なお金くらいは稼げるわ」

「……わ、分かった。恩に着るよ」

「こちらこそ助かります」

オレはいったん部屋に戻り、リュミエを連れて、ベルンたちと受付へ向かった。

「……なるほど。つまり仲間に裏切られたと。気の毒だが、冒険者稼業はすべてが自己責任だ。一応警察に届けを出すことはできる。が、証拠もないし、相手はあのアレスタとアクエルだ。期待はできないだろうな」

一応、ということでミステリアに事情を説明したが、やはり対応は難しいとのことだった。

「だがまあ、ソータたちと組めば補助金は出せる。本来は申請から支払いまで最低一週間はかかるところだが、今回は特別に今すぐ用意しよう。二人は、口座を作り直した方がいいだろうな」

ミステリアは、冒険者同士のトラブルに慣れているのか、テキパキと指示を出していく。

変わり者ではあるが、ギルド長としては案外優秀なのかもしれない。

「ソータは、ベルンたちのパーティーメンバーとして登録をしなくてはな。リュミエはその――奴隷という扱いになるが問題ないな？」

「いや、リュミエも冒険者として登録させてくれ」

「悪いが、ノーアビリティは冒険者登録ができないんだ。冒険者稼業は危険だからな」

こいつ――リュミエがノーアビリティだって知ってたのか。調べたのか？

さすがギルド長、侮れないな……。でも。

「リュミエはノーアビリティじゃないぞ。ちゃんと魔法が使える一般人だ」

「いやいや、だってその子は――」

ミステリアは困惑した様子でリュミエを見る。

「ソータ、気持ちは分かるけど嘘《うそ》はだめよ。アレスタたちとパーティー契約したとき、私その子の奴隷鑑定書を見たもの。ベルンも見たわよね？」

「ああ」

まあ口で言っても信じてもらえないか。だったら――。

「リュミエ、簡単な炎魔法を使ってみてくれ」

「は、はいっ」

リュミエは手を前にかざし「炎！」と口にする。

すると手のひらからボッと小さな炎が発動した。

メカニーに頼んで練習させておいてよかった……。

「なっ――!?」

「…………う、嘘だろ？　どういうことだ？」

ずっとノーアビリティとして、冒険者奴隷として使役されていたリュミエが魔法を使うのを見て、ミステリア、ベルン、アルマは狐《きつね》につままれたような顔をしている。

「信じられないわ。だって私たち、ずっと一緒に行動してたのよ？　でも一度も魔法なんて――。どうして言わなかったの？　ちゃんと話していれば、あんな扱いされること」

「……え、ええと、その、最近使えるようになった、と言いますか」

リュミエはたじろぎながらもそれだけ伝え、どうしたものかとオレに助けを求める。

「魔力量が少なくて気づかなかったんじゃないか？」

「気づかなかったってありえないでしょ。ノーアビリティかどうかの判定に量は関係ないもの。魔力を溜《た》める器さえあれば、反応が出たはずよ」

――ま、まじか。

「……とりあえず鑑定してもらいましょう。ギルド長、お願いします」

「わ、分かった」

リュミエが鑑定器に手をかざすと、はめ込まれている魔石がぼうっと光る。

この鑑定器は、魔力に反応して光る。つまり――。

「……信じがたい話だが、MPが250、SPが80という結果が出た」

「はあ⁉ う、嘘だろ……。なんで奴隷なんてやってたんだおまえ……」

前回見たときより増えてる！

というか今更だけど、平均値ってどれくらいなんだ？

『平均値はMPが100程度、SPが30程度です。数値が増えたのは、蒼太様の料理を食べている影響だと思われます』

（お、おう）

メカニーの後出し情報にもだんだん慣れてきたな。うん。

というか、MPもSPも平均値越してるじゃねえか！

「これなら登録できる、よな？」

「あ、ああ、もちろんだ。ではこの登録用紙に記入を」

こうしてリュミエは正式な冒険者として登録され、オレとリュミエはベルンたちのパーティーメンバーとなったのだった。

◇◇◇

リュミエの冒険者登録、それからパーティー登録を終え、まずはアイテムショップで装備を揃《そろ》えることになった。

「武器は一応持ってるんですが……これじゃだめでしょうか」

オレは宝物庫から持ってきた《龍の短剣》をベルンに見せる。

「おまっ——こんなのどこで手に入れたんだ？　伝説級のアイテムじゃねえか！　本では見たことあるけど、本物を見るのは初めてだ」

「ほ、本物なの……？」

「え、ええと……多分。ラストダンジョンに落ちていた、というか何というか」

まさか二人が知ってるほどのアイテムだとは思わなかった。

チート級アイテムとはいえ、スルメ切るのにフル活用しててごめんなさい！

「そういや最初に会ったとき、おまえラストダンジョンの中から来たよな。まったくこれで駆け出しだってんだから、記憶喪失って恐ろしいよな本当」

ベルンはため息をつき、頭を抱える。

すべてがちぐはぐなオレの扱い方が分からず、困惑しているようだった。申し訳ない。

「服はこれなんてどう？　あ、お金のことは心配しなくていいわよ、私たちが払うから」

「え、いやいやそんな。自分で払いますよ」

「何言ってんだ。おまえらのサポートをするためにもらった金だぞ」

「そうよ。ここは私たちに任せてちょうだい」

ベルンとアルマは、店の人と話をしながらあっという間にオレとリュミエの冒険服を見繕い、買い揃えてくれた。

リュミエの服は何を選ぶかと不安もあったが、ちゃんとしたものを選んでくれたようだ。

──でも補助金とはいえ、ちょっと申し訳ないな。

金なら、宝物庫に使いきれないくらいあるのに。

いつか何かで恩返ししよう……。


装備品や治療薬などの必要なアイテムを一通り揃え、オレたちはギルドのクエストが貼られている掲示板へと向かった。

「ソータの実力がまったく見えねえからなあ。何か気になるクエストはあるか？」

「うーん……」

──というかこれ、冷静に考えたらオレの能力がばれるのでは？

スキル【絶対防御】は自動的に発動するあれだし、仮にそれがなかったら、オレみたいな素人、瞬殺されそうだし。

「あ、あんまり難しくないのがいいかな。戦闘は本当に不慣れなんだ」

「そうだな……お、これなんかどうだ？　死の森とは逆側の、この間会った辺りでのスライム討伐。ついでに売れる鉱石や薬草も教えてやるよ」

オレたち四人は受付でスライム討伐のクエストを受注し、詳細を聞いて、ボルドへと続く山に向かうことになった。

「スライムっつっても、この辺にはたまにめちゃくちゃ強いのがいるからな。無理だと思ったら迷わず逃げろ。いいな。死の森ほどの出現率じゃないが、危険区域内はどうしても……」

「本当、スライムだからって侮っちゃダメよ。私、ソータがいなかったら死んでたと思うし」

「わ、分かりました。気をつけます」

「ああ、それから、俺らに敬語は不要だ。ベテランっつっても、冒険者なんてただの野良犬みたいなもんだからな」

「ちょっと、ベルンと一緒にしないで。私は野良犬じゃないわよっ。まあでも、敬語不要には賛成かな。これから一緒に戦う仲間になるんだから、仲良くしましょう」

「わ、分かった。改めて、よろしくな」

——と言ったものの。

あの山までは、普通に歩けばだいぶかかる。

「あの、身体強化魔法を使った方がいいんじゃ……?」

「あー、いや、もう少し緩やかな身体強化魔法なら大歓迎なんだが……」

「——え？」

「実はあのあと、魔法が切れると同時にものすごい疲労に襲われてな。俺もアルマも、翌日丸一日動けなかったんだ」

「私たちにはちょっと強すぎるみたい。あ、でも助かったのは助かったのよ！　あれがなかったら、クエスト期限に間に合ってなかったもの」

ま、まじか……。

やっぱ覚えたての魔法なんて使うもんじゃないな。

リュミエが平気だったのは、身体強化後も、それを必要とするほど動かなかったからだろう。

一緒に行かなくてよかった……。

「ごめん。人に使うのは、もっと練習してからにするよ」

「その方がいいかもな。俺らはこれでも、だいぶ頑丈な方だからよ」

「……女性に頑丈ってなんか失礼じゃない⁉　全然嬉《うれ》しくないっ！」

「事実だろ。冒険者としては褒め言葉なんだから気にすんな」

「もう！　これだからベルンはっ！」


そんな会話をしながら数時間ほど歩き続け、ラスタを抜けて山道へと入った。

山の中は相変わらず食料が豊富で、思わず片っ端から鑑定していきたくなる。

「冒険服はある程度は周囲の毒から身を守ってくれるが、中には毒性の強い植物もあるからな。気をつけろよ」

「――お、おう。分かった」

山道は昼間でも薄暗く、場所によってはあまり光が届かない。

途中何度かモンスターに襲われたが、オレには難しいと判断したのか、ベルンとアルマが二人であっという間に倒してくれた。

「この辺のモンスターはたとえスライムでも油断できないが、基本的にはスライムが最弱だ。だからソータには、まずはスライムを倒してもらう」

「スライムは知能が低いから、人里に降りてきやすくて地味に邪魔なのよね。気まぐれで突然襲ってくるし！　でもだから、討伐クエストが出ることも多いし、初心者にはうってつけのモンスターなのよ」

何より、スルメにするとうまいしな！

——というのはさすがに黙っておいた。


「——いたわ。こっちに気づいてない」

山中を散策し始めてしばらくしたころ、アルマがスライムを発見した。

サイズはラストダンジョンで遭遇したものより一回り小さく、こちらには気づいていない様子で、体をぷるぷるさせながらゆるゆるとうろついている。

「よし、じゃあまずあれをやってくれ」

「——え。ええと、どうやって？」

「いやいや、おまえ《龍の短剣》持ってただろ。あれで適当に、良い感じにぶっ刺せば死ぬ」

ベルンは「簡単だろ？」と言わんばかりのドヤ顔をキメている。

うおおおおい！

こ、こいつ……教えるの下手くそかよ！

仕方ない。とりあえずやるだけやってみるしかない、か。

「わ、分かった」

オレは意を決し、後ろからそろそろとスライムに近づいてみる。

いつも戦闘がオート状態であるため、こうして自ら狩りに行くのは初めてだ。

「…………ね、ねえ、大丈夫かしら？　ソータって本当に戦えるの？」

「いや、俺も自信なくなってきた。でも死の森にいたんだから多少はなあ。リュミエ、おまえソータが戦ってるの見たことあるか？」

「え、ええと……た、倒してはいました……。負けることはないと思います」

後ろでベルンとアルマ、リュミエがヒソヒソ話をしている。

おい！　聞こえてるぞ！

――バキッ！

「あ――」

「おいいいいいいい！」

木の枝を踏んで折るというテンプレのような失態を犯し、スライムに気づかれてしまった。

スライムはぷるぷると震え、オレ目がけて飛びかかってくる。

「うわっ――！　え、ええと、こ、これでどうだあああ！」

オレはスライムがいる方向に向かって、手に持っていた《龍の短剣》を振り回す。

「ぴぎっ――」

「……？　あ、当たったか？」

運よく当たってくれたらしく、弾力を失《な》くしたスライムがべちゃっと落下した。

た、倒せたああああああああああ！

うん、分かってる。かっこ悪いにも程があることくらい分かってる。

でも、モンスターどころか肉すら捌《さば》いたことのない人間にできることなんて、きっとこんなもんだろう。

オレは荒々しいことは避けて生きてきた、超絶インドア派の平和主義者だ。

普段使ってるスキルがどれだけ有難いものか、改めて痛感した。

「た、倒したぞ！」

「………………お、おう」

「これは……ひどいわね。まだリュミエの方が様になってるんじゃない？」

「ち、違うんですっ！　ソータ様は、本当はとっても強いんですっ」

ドン引きする二人を相手に、リュミエが必死で弁解しようとしている。

ありがとう。でも、素性がバレるからやめてくれ。

倒したスライムをしばらく放置していると、シュウウウと湯気があがり、そこに小さな石のようなものが現れた。

「――こ、これは？」

「おまえ本当に何も覚えてねえんだな。そいつは魔石だ。倒した証拠になるから持って帰るぞ」

なるほど、放っておくと、モンスターから魔石が出てくるのか。

いつも食材にしてたから知らなかった。

でもどうせなら、こんな石じゃなくてスルメにしたかったな……。

「ごくたまに、魔石じゃなく【スキルストーン】が出ることもある。これが先日話した、スキルと同レベルの力を一定回数発動できる、通称『神の石』と呼ばれる貴重な石だ。まあ、スライム倒したくらいじゃ出ねえがな」

「な、なるほど」

「クエストは、スライム五体以上で一セットだ。あと四体狩るぞ」

オレは、このあとも《龍の短剣》を振り回しつつ、ほんの少しだけ戦いに慣れたり慣れなかったりしながら、どうにかスライム五体分の魔石を手に入れることに成功した。


「とりあえずこの辺にしておくか？　これから戻ると深夜に森を歩くことになるし、今日は野宿ってことにな――」

ベルンはそこまで言って急に固まり、血の気が引いたような顔で一点を見つめる。

――な、なんだ？

アルマとリュミエを見ると、二人とも同じようにオレの後方を見て青ざめ、固まっていた。嫌な予感しかしない。

――え、ええと？

恐る恐る振り返ると、そこにはオレの身長の倍近くあるスライムができあがっていた。

できあがっていた、というのは、周囲から無数のスライムが集まって、一体の巨大スライムと化していたのだ。

さっきのスライムが倒されたことで、仲間が集まってきたのかもしれない。

「……ソータはリュミエを連れて逃げろ。アルマ、いくぞ」

「——え、ええ」

ベルンとアルマは、緊張した様子でオレの前に立ち、巨大スライムを見据える。

「……お二人は物理攻撃特化型で、魔法はあまり得意としていません。スライムは柔らかくて、あのサイズだと普通の剣ではなかなかダメージが——」

リュミエはそう、不安そうにつぶやく。

リュミエの言ったとおり、二人の剣はスライムの表面を抉《えぐ》るだけで、ほとんど効いていないように見える。

それどころか、スライムの粘液が剣や体にまとわりついて——。

——ん？　な、なんだ？

なんか塊ができて——？

削り取られたスライムのうち生きている個体が、二人の後方で別の巨大スライムになろうとしていた。

二人は、前方で粘液を飛ばしてくる巨大スライムへの対応で精一杯で、新たな巨大スライムに気づいていない。

「ベルン、アルマ！　後ろっ！」

「えっ——」

「おいアルマ！　何よそ見してんだ馬鹿っ」

「待ってベルン、後ろ！　後ろにもいるっ」

「あっ⁉」

アルマが気づいて後ろを見るが、その間も巨大スライムの攻撃はやまない。

ベルンはその対処に追われており、もう一体のスライムを相手にする余裕はなさそうだ。

その間にも、後ろの巨大スライムはどんどん成長し、今ではベルンの身長より大きくなってしまっている。

「くそっ――なんでこんなに規格外なスライムが多いんだ。つか、スライムってこんなに連携できるほど頭よかったか⁉」

――まずい。素人のオレから見ても押されているのが分かる。

でも助けに入れば、オレのチート能力が知られてしまう。

記憶喪失の駆け出し冒険者が、突然この量のスライムを一掃したら。

……どう考えても不審がられるな。

でもこのままじゃ……。

「――ああもうくそっ！　ベルン、アルマ、下がって！」

オレは我慢できなくなり、二人のもとへと駆け寄る。

「ああ⁉　ちょ、おま――はあ⁉　来るな馬鹿っ！」

「ソータが戦える相手じゃないわっ！　余裕がないの、頼むから出てこな――」

「スキル【絶対防御】！　からの！　スキル【料理】いいいいい！」

オレはベルンとアルマ、リュミエを【絶対防御】で囲いつつ、周囲一帯にスキルを発動させた。

すると。

「ぴ、ぴぎっ――」

巨大スライム二体は一瞬でバラバラに崩れ、何百もの【スルメ】となってその場にゴロゴロと散らばった。

「――――は？」

「え？　な、なに、いったい何が起こって……」

巨大スライムが崩壊し、謎の薄茶色で半透明の石ころのような物体に変化したのを見て、ベルンとアルマは何が起こったのかと立ち尽くしている。

やってしまった感が半端ないが、このままではきっと二人の命が危なかった。

背に腹は代えられない。

「え、ええと――二人とも、無事？」

ベルンとアルマにそう問いかけつつも。

今度はオレの方が、変な汗が止まらなくなっていた。


「……いったいどういうことだ？」

「さ、さっきのは何？　というか、この石ころみたいなのは」

「……え、ええと」

頭が追いつかず、額に手をやって顔をしかめるベルン、そして【スルメ】を見て唖然《あぜん》としているアルマを前に、オレはどう説明したものかと必死で思考を巡らせる。

その横で、リュミエが心配そうにおろおろしていた。

「と、とりあえずこれ回収して、いったんギルドに戻ろう」

オレはリュミエ、ベルン、アルマにも手伝ってもらってひたすら【スルメ】を回収し、アイテムボックスに突っ込んでいく。

「ねえ、それってアイテムボックス？」

「え、ああ、うん」

「この量の塊を全部入れちゃうなんて、容量どんだけあるのよ……」

「……はあ。こんな規格外の人間見たことねえよ。頭痛くなってきた……」

説明しなきゃいけないことがどんどん増えていく！

ここまできたらもう、すべてを話すしかないよな……。

「じゃあ、ギルドに転移するよ」

「えっ⁉」

「──は？　え、おまっ、スキル【転移】まで使えんのか⁉　スキルいくつあんだよっ」

「あ、あはは……」

◇◇◇

ギルドへと戻ったオレたちは、いったんベルンたちの部屋へと集まった。

ベルンとアルマは、回復薬を飲んで体の傷や体力は回復している。

しかし所持していた装備品は、スライムの粘液でボロボロだった。

オレがスライムをスルメ化させてしまったことで、魔石も最初の五つしか入手できていない。

おまけにミステリアに手配してもらった補助金も、ほとんどを準備に使ってしまった。

「……はあ。よりによって、ラスタで無一文になるとはな」

「武器も防具もボロボロで、とても戦える状態じゃないわ。これじゃ帰ることもできない」

途方にくれる今の二人には、先ほど見たあれこれを問い詰める気力もないらしかった。

結局オレは、状況を悪化させただけ。

このままでは支払いが滞り、冒険者を続けることすらできなくなるかもしれない。

――こんな優秀な人材を潰《つぶ》すなんて、そんなの絶対ダメだ。

「あ、あの」

「あん？　悪いが、もう俺らがおまえらにしてやれることは――」

「冒険者としての仕事ではないけど、実は頼みたい仕事があって……」

「はあ？　おまえ記憶喪失なんだろ？　いったいどんな仕事があるってんだ？」

「農場管理」

オレの返答に、ベルンとアルマは顔を見合わせ、訳が分からないというふうに肩をすくめる。

「農場って、薬草育ててるあれだよな？　ラスタに農場なんかねえだろ。ラスタから出るには、危険区域を通る必要がある。けど俺らは今、装備も資金もねえんだよ。つまり、ラスタから出ることすらできねえってことだ」

「そういうこと。だからごめんね」

アルマは申し訳なさそうに小さく笑う。

「いや、あるんだ。圧倒的に人手が足りてない農場が。……ただ、オレがこれから話すことも、二人に見せることも、絶対誰にも言わないって約束してほしい」

「……まあ、いいぜ。分かった。アルマもいいな？」

「ええ、分かったわ。私も約束する」

「……なら。スキル【転移】！」

オレはリュミエとベルン、アルマを連れて、ラスボスエリアに転移した。

「えっ、あれっ、ここって……」

「ああ、ラスボスエリアだよ」

リュミエはラスボスエリアの変貌《へんぼう》っぷりに驚き、キョロキョロと周囲を見渡している。

――そういえば、リュミエを連れてくるのも久々なんだよな。

「お、おい、いったい何だここは……」

「洞窟《どうくつ》……？　あの鉄扉があるってことは、ダンジョンかしら。でも空が……」

ベルンとアルマは、周囲を見て混乱している。まあ当然か。

「え、ええと……。ようこそラスボスエリアへ？」

「は？　え？」

「ど、どういうこと……？」

オレは困惑するベルンとアルマに、事の経緯を説明した。

別の世界で死んで、女神にラスボスを押しつけられたこと。

気がついたらこのラスボスエリアにいたこと。

自分に戦う意思は微塵《みじん》もないこと。などなど。

「…………い、いや、ちょっと待ってくれ。元気づけてくれるのは嬉《うれ》しいが、俺もアルマももうガキじゃねえんだ。突然女神にラスボスにされたなんて言われてもだな……」

「ねえソータ、いくらチート級のスキル持ちだからって、ラスボスを名乗るのは少しどうかと思うわ。ほら、あなたももう、そんなに幼くはないでしょう？」

ベルンはどう突っ込めばいいのか、という様子で眉間《みけん》に手をやり、アルマは引きつった笑顔で平静を装いつつやんわりと諭してくる。

くっそ……全部本当のことなのに！！！

女神のせいで痛い子呼ばわりされたじゃねえかあああああああ！！！

リュミエは素直に信じてくれたのに！

い、いや、ここで折れたらダメだ。ちゃんと理解させないと。

「ここはラストダンジョンの最下層にある、ラスボスエリアなんだ。あの鉄扉、冒険者なら見たことくらいはあるんじゃないか？」

「そ、それはまあ……。でもよ……」

「あと、断言する。チートスキルを十個も持ってるおかしな人間はいない！　そしてリュミエをアレスタの奴隷から解放したのもオレだ。それに実際、オレがラストダンジョンから出てくるのも見ただろ？　だからお願いします信じてください！　じゃないと話が進まない！」

オレは全力で土下座をし、二人に頼み込む。

「ええ……」

「お、おい、やめろよ子どもの前で……」

頭上から、二人のドン引きしている声が聞こえる。

子どもの前はたしかにー！

情けない姿を見せてごめんリュミエ……。

「あ、あのっ。ほ、本当なんです。ソータ様は、本当にラスボスなんだと思います。こんな人間いません。だってピグトンを石一つで瞬殺して、私を助けてくれたんです。あんなに戦いが下手……えっと、た、戦いに慣れていないのに！　それに、私に魔力の器をくださったのもソータ様です。そんな人間、絶対にいませんっ」

リュミエは震えながらも、必死で二人に説明してくれた。

でも今、戦いが下手って言ったな⁉　間違ってはないけども！

戦いが下手という言葉がアルマのツボにはまったらしく、必死で笑いをこらえている。

ちなみにピグトンというのは、リュミエを襲っていたあの巨大猪《いのしし》、もとい巨大豚のことだ。

「リュミエまで……。けどまあ、たしかにソータの力は常軌を逸してる。スキルってのは、持ってるだけで心身に強い負荷がかかるらしい。どんなに強靭《きょうじん》な肉体と精神を持ってても、三つが限界って話だ。それを十って……」

そ、そうなのか……。それは初耳だった。

「だろ？　だから信じてくれ。とりあえずでもいいから！」

「……ま、まあそこまで言うなら。で？」

「この農場の管理を手伝ってくれないかな。手伝ってくれるなら、ここにある野菜や果物、穀物は好きに食べていいよ。もちろんそれとは別に報酬も支払う」

オレとリュミエじゃ食いきれないし、有効活用できて一石二鳥だ。

「——は？　いやいや、食えるわけねえだろ。食品を生成できるような特殊スキル持ってねえよ」

「ここにある植物には、毒がないんだ。オレのスキルの力で解毒されてる」

オレは果樹園にある林檎《りんご》の木から林檎を一つもぎ、食べてみせた。

ベルンとアルマは、この世の終わりのような顔でこちらを見ている。

「——ほら、何ともないだろ」

「ほ、本当に平気なのか……？」

「もちろん。ほら、どうもなってないだろ」

「…………」

「…………分かった、私やるわ。どうせこのままじゃお先真っ暗だし。ベルン、ここはソータを信じて手伝いましょう」

「……わ、分かった」

ベルンとアルマ、リュミエを連れていったん元いた部屋に戻り、今後について説明する。

二人には週に三～五日、作物の収穫や農場の管理、手入れを頼むことになった。

スキル【園芸】の農場に植えた作物は、なぜか枯れるということを知らない。

一度種を植えれば、延々と実をつけ続ける。

それに病気もしないし頑丈で、環境的な心配も必要ない。

特典としてついてきた空は、適度にやさしい雨も降らせてくれる。

これなら、農業初心者の二人に任せても安心だろう。

そもそも、オレもべつに農業の知識はないしな！

「――農場管理の仕事についてては分かった。ソータがラスボスなのも……まあ今はとりあえず信じるとしよう。で、あのスライムの一件は何だったたんだ？」

「そう、それよ！　あの樹液の塊みたいなの、あれ何？　あんなの見たことないわ。しかも魔石も【スキルストーン】も出てこないしっ」

「あ、そうだった。ええと……ちょっとテーブル借りていいか」

ベルンたちの許可を得たのち、部屋のテーブルにスルメを出す。

カチコチになり、ゴロゴロと音を立ててテーブルに散乱する元スライムを、ベルンとアルマはまるで呪いのアイテムを見るような目で見つめていた。

「これはスルメっていうんだ。このままじゃ固すぎるから、こうやって……」

「ち、ちょっと⁉　それ《龍の短剣》よね？　そんな普通のナイフみたいに使って、欠けたらどうするの⁉　ああもう、どこから突っ込めばいいか分からないわ……」

アイテムボックスから皿を出し、《龍の短剣》でスライムスルメをスライスしていると、アルマが混乱気味にそう聞いてくる。

――伝説のアイテムだっていうのは、メカニーから聞いたけど。

でもこの《龍の短剣》、よく切れるんだよな……。

スライムスルメは、スライムの形状上緩やかな半球のような形をしている。

つまり、前世のイカのような平べったい形ではなく、だいぶ厚みがある。

これを薄く綺麗《きれい》にスライスするには、切れ味の鋭いナイフが必須《ひっす》なのだ。

「――よし、できた！」

「で、できたって……どういうこと？」

「これがスルメだよ。食べてみてくれ」

「…………は？」

「…………え？　な、何ですって？」

「食べてみてくれ」

オレは自分の前に置いていたスルメの入った皿を、二人の前へと移動させる。

ベルンもアルマも、何を言われているのか理解できない様子で、呆然《ぼうぜん》と固まってしまった。

「え、ええと……私の記憶違いでなければ、これってあの襲ってきたスライムよね？　これを食べろっていうの？」

「大丈夫、毒はないよ」

「そこも問題だけど、問題はそこじゃないでしょ⁉　スライムよ⁉　誰が食べるのよっ！」

「ソータ、これはさすがに冗談、だよな？」

うーん、ダメか。うまいんだけどな……。

「じゃあ、先に言うよ。オレが使えるスキルは、【絶対防御】【鑑定】【探知】【特殊効果無効】【再生】【転移】【料理】【快眠】【浄化】【園芸】の十個。巨大スライムはオレの【絶対防御】の壁に当たって死んで、【特殊効果無効】と【浄化】で毒抜きされて、【料理】で食材になったんだ」

オレはすべてをありのまま話した。

そして安全だと証明するため、自分とリュミエでスルメを食べてみせる。

「り、リュミエ、おまえ平気なのか？　いや、毒もだが、そもそもスライムだぞ？」

「最初はびっくりしましたけど、でも本当においしいんです」

リュミエ用に追加で切ってやると、幸せそうに次から次へと口に運んでいく。

そんなリュミエを見て。

「………わ、分かった。本当に、食って問題ないんだな？」

「⁉　ちょっとベルン⁉」

ベルンはスライスされたスルメを一枚手に取り、意を決したように口に放り込んだ。

味が染み出るまでの数秒は、よく分からないといった顔をしていたが。

しかしその後、もう一枚、また一枚と延々口に入れては咀嚼《そしゃく》し始める。

「………な、なんだこれ。こんなに得体が知れないのに、いくらでも食いたくなるぞ。食っててうんざりするコンフードとは全然違う。アルマも食ってみろよ」

「ええ………」

ベルンに促され、アルマは死ぬほど嫌そうな顔をしたが。

しかし観念したのか、死を宣告されたような顔でスルメをつまみ、先端をちょこっとだけかじり始めた。

そして数秒後。

スルメはアルマの手から消え、見事に口の中へと納まっていた。

「な、なんなのこれ……。スライムだって分かってるのに、手が止まらないわ……」

「素晴らしいだろ？　オレはラスボスとして、あのラスボスエリアに、この幸せを誰もが享受できる料理屋を作りたいんだ」

ラスボスを放棄するわけにはいかないけど、料理屋を開く夢も諦《あきら》めたくない。

こんな食に恵まれない世界なら、なおさらだ。

「……ソータに敵意がないのは見てたら分かる。俺はこれでもベテラン冒険者だからな。それにあの戦いっぷりだ、戦い慣れてねえのも本当なんだろう」

オレ、そんなにひどい戦いっぷりだったのか。

何だろう、分かってもらえたのにつらい！

「おまえがラスボスとして君臨していることで、このアース帝国に何か甚大な被害が発生するってことはないんだな？」

「た、多分……。オレは女神に一方的にラスボスにされただけで、正直それ以外のことは何も分からない。でも少なくとも、オレがこの世界に対して悪だくみをする理由は一つもないし、オレはただ平和に暮らしたいだけだ」

「……分かった。ならおまえを信じる。俺とアルマは、元々ラスボス討伐を目的に動いていた冒険者だ。けど、ラスボスであるおまえがそんな戦闘ど素人のガキなら話は別だ。攻撃なんかしたらこっちが悪者になっちまう。だからついでだ、おまえの夢に協力してやるよ」

オレはガキじゃないけどな！

中身は三十二歳のれっきとした成人男性です！

まあでも、分かってくれる相手で助かった……。

「そうね、監視する意味でも、そうした方がいいでしょうね。私も協力するわ」

「二人とも、ありがとう」

「それにソータの話が本当なら、あなたが倒されたらまた次のラスボスが出現するってことよね？　そのラスボスがいいヤツとは限らないし、この世界の平和のためにも、ソータにラスボスでいてもらわないと困るわ」

「だな。これからどうするかは、様子を見ながら考えよう。……にしてもそうか、知らない土地に突然飛ばされて、しかも悪者で、心細かったろ。でももう大丈夫だ。俺とアルマがいりゃあ、百人力だからな」

ベルンはそう、豪快に背中をバシバシ叩《たた》いてくる。痛い。

「百人力はともかく、私たちはもう仲間よ。これからは何でも相談してちょうだいね」

こうして二人にすべてを打ち明けたオレは、新たな仲間を手に入れた。

◇◇◇

時は少し遡《さかのぼ》る。

アレスタとアクエルは、ボルドへと続く山の中にいた。

「……アレスタ、これは」

「──これはいったい、どういうことです？」

アレスタはあり得ない光景を目の当たりにし、困惑していた。

そこに残っているべきものが、何一つとして残っていなかったのだ。

「あんな大量の変異スライム、ベルンとアルマの二人で倒せるわけ……」

「……うん。おかしい。二人は魔法もろくに使えないし、巨大化したスライムには物理攻撃はほとんど効かないはず」

「スライムが二人の死体を食べた、ということでしょうか。でもそれなら、所持品や衣類は残るはず。それにスライムも一体も残ってませんね」

（──くそっ、死体を確認しないと、万が一あの二人が生きていたら……）

ベルンとアルマは、アレスタにとって都合のいいカモだった。

正義感に溢《あふ》れ、ラスボスを倒して世界を救うなんていう下らない夢を見ていた二人は、アレスタとアクエルを、同じ目的を持つ冒険者だと思い込んでいて。

これまで、二人の代わりに命をかけて戦ってくれた。

しかしその正義感ゆえに、時に何の利益にも繋《つな》がらないクエストも請け負っていた。

そのうえ駆け出し冒険者を助けたり、倒れている人に無償で回復薬を使ったり。

結果、忙しい割に儲《もう》けが少なく、すさまじく効率が悪かった。

そして極めつけは、あの奴隷の一件。

奴隷が出した損失を、今の主《あるじ》であるソータが払うと言ったにもかかわらず、「アルマを助けてくれた恩人だから」とベルンがそれを拒否したのだ。

奴隷の持っていた荷物には、希少なアイテムもたくさん入っていた。

弁償させれば、それだけで四人が半年は何不自由なく暮らせる額だった。

（――本当、慈善事業が大好きな偽善者には反吐《へど》が出る）

お金を回収できなかったこともだが、ベルンに「奴隷を許して大金を捨てる」という選択をされたことは、アレスタにとって何より耐えがたい屈辱だった。

奴隷は最下層の身分であり、主のためにすべてを捧《ささ》げるべき生き物で。

人間様に不利益を被らせるなど決して許されない、というのがアレスタの考えなのだ。


こうしたベルンの度重なる愚行から、アレスタはこれ以上彼らと一緒にいる価値はないと判断。

アクエルとともにパーティーを抜け、四人分の全財産を持ってラスタを出た。

あとは森にいたスライムに仕掛けを施し、ベルンとアルマを殺害すれば、何の痕跡《こんせき》も残らない。

あの森は危険区域内で、死の森ほどではないが何が起こるか分からない場所だ。

ベテラン冒険者が命を落とすことも珍しくない。

だから何も問題ない――はずだった。なのに！

戦いが終わったころかと様子を見に来てみれば、多少戦った痕跡はあるものの、二人の残骸《ざんがい》もスライムも、魔石も粘液も、まったく残っていなかったのだ。

まるで一瞬ですべてが消え去ったような、そんな違和感。

「いったい何があったんでしょうか。もう少し近くにいるべきでしたね。彼らがあれに勝てるわけがないと油断していました」

「うん。でも本当に二人が勝ったのかな。…………ねえアレスタ、これ、何？」

「何です？　……石？　そんなもの拾ってどうするんですか」

「石に見えるけど違う。触って。石の冷たさじゃない。それに、固いのに不思議な弾力を感じる」

アクエルが渡した手のひらサイズの物体は、茶色く半透明で、石特有のずっしりとした重さや冷たさを感じない、不思議な手触りをしていた。

「何やら妙な臭いがしますね。これはいったい……？」

第七章　女神との再会、そしてダンジョン踏破

「それじゃあ、今日からお願いします」

「おう、こちらこそ」

今日から、ベルンとアルマがラスボスエリアの農場で働くことになった。

「本当、何もかもありがとうね。この恩は働きでちゃんと返すから」

「困ったときはお互い様だよ。オレも助かるし。今日はとりあえず、栽培中の作物を紹介するところから始めるよ」

オレはベルンとアルマを連れて、入り口付近から順番に説明することにした。

「まず、入って左手前が田んぼ、稲を植えているスペースだ。稲は水を張った場所で育てる必要があるから、野菜や小麦とは場所を分けてる。今立ってる通路を挟んで右側は、奥までずっと、野菜と小麦を育てる畑エリアにしてる」

「なるほど、植えるものによって場所を変えてるのか。左奥にある木はなんだ？」

「あれは果樹園。果物っていう、食べられる実がなる木を栽培してるんだ。で、石垣の奥には、これから料理屋兼オレの家となる建物を建てる予定にしてる」

オレはまず、簡単にラスボスエリア内の区分けを一通り説明していった。

「この米がとれる稲って植物、ライスだよな？　ここのライスは攻撃してこねえのか？」

「ああ、うん。毒が抜けると大人しくなるのかな……。理由は分からないけど、何にせよ無害だから安心していいよ」

攻撃してこないライスが珍しいのか、ベルンもアルマも稲に興味津々だ。

恐る恐るつついてみたり、葉っぱを触ったり、まるで子どものような行動を繰り返している。

「畑の方には、小麦が薄力粉用と強力粉用の二種類。それから野菜は、セリ、たけのこ、山芋、ニンジン、大根、ゴボウ、玉ねぎ、キャベツ、ほうれん草、青じそ、ねぎ、トマト、プチトマト、じゃがいも、さつまいも、にんにく、生姜《しょうが》、枝豆、パセリ、大豆――くらいかな？」

「よ、よく分からんがすげえ数の種類だな」

「本当はこんな同じ環境で均一に育てられるものじゃないはずなんだけど……この世界の植物ってすごいよな。野菜は生で食えるものとそうじゃないものがあるから、あとでリストにして渡すよ」

当分はオレが作るにしても、そのうち料理も教えてやりたいな。

まあ現状、肉や魚、卵、牛乳は森に行かないと手に入らないんだけど。

「果樹園には、林檎《りんご》、桃、ラズベリー、ブルーベリー、いちご、ぶどう、レモン、みかん、オレンジの木が植えてある。果物は、今あるものは全部生のまま食べられるから、好きに食べていいよ」

オレはアイテムボックスからボウルを取り出し、いちごをいくつか摘み取り、魔法で洗ってから二人に差し出す。

二人は若干困惑した様子だったが、昨日のスルメのことがあったからか、案外素直に手に取ってくれた。

「――な、何これおいしいっ！　なんというか、すごく爽《さわ》やかさを感じる味！」

「スルメもうまいが、いちごとやらは瑞々《みずみず》しさがすげえな。うまい！」

「これを好きなだけ食べていいってこと？」

「ああ、もちろん。これだけじゃなくて、この農場にあるものは何でも。正直、オレとリュミエだけじゃ食べきれないんだ。一応ミステリアもいるけど、ミステリアは今のところ、オレがラスボスであることも、農場のことも知らないからな」

「そうか。んじゃ、遠慮なくいただくとするよ」

その後も収穫の仕方などを一通り教えてまわり、あっという間に時間がすぎていった。

——もう夕方だし、今日はこの辺で終わらせておくか。

「せっかくだし、今日はうちで夕飯食べていかないか？　何か作ってご馳走《ちそう》するよ」

「けど俺ら、今日なんもしてねえんだが」

「研修を受けるのも仕事のうちだよ。それにせっかくこうして仲間になったんだし、二人にも料理をたくさん知って、覚えてほしいんだ」

ベルンとアルマは、遠慮がちに顔を見合わせる。

冒険者という職業は、自由である一方、すべてが自己責任だ。

第一線で活躍し続けているベテラン冒険者だからこそ、案外こうしたおもてなしには不慣れなのかもしれない。

——今日は何を作ろうかな。

ニワトルの肉がたくさんあるし、リュミエの好物でもあるから、それを使おうかな。

異世界人の味覚はよく分からないけど、癖のないニワトルは無難な食材だし。

あとは味つけをどうするかだけど……使い勝手の良い食材なだけに悩むな。

せっかくなら、味つけのコツも知ってほしいし、何かそういう……。

――――よし、決めた。

今日の晩ごはんは、「パセリとレモンのローストチキン」、それから「ほうれん草のソテーにんにく風味」にしよう。あとはごはん。

そうと決まれば、必要なものを収穫して、帰って準備だ。

「今日使うパセリとレモン、ほうれん草、にんにく、あとはプチトマトを収穫して帰ろう」

「お、おう」

「分かったわ。私たちはどうしたらいいかしら。手伝うこと、ある？」

「うーん、今日はとりあえず見ててもらおうかな？」

オレはベルンとアルマを引き連れて畑に行き、食材を必要なだけ収穫して、スキル【転移】で自室まで戻った。


「ソータ様、ベルン様、アルマ様、おかえりなさい」

「リュミエただいま。ちゃんと勉強してたか？」

「はいっ。今日は満点を取ってメカニーさんに褒められました」

「お、満点はすごいな。偉いぞリュミエ」

「えへへ、ありがとうございます」

リュミエの頭をぽんぽんすると、リュミエは幸せそうに顔を綻《ほころ》ばせる。

頭を撫《な》でられるのは嫌という女性も多いが、どうやらリュミエは好きらしい。

年齢の問題もあるのかもしれないけど！

「ああ、リュミエ、俺のことは呼び捨てでいいぞ」

「私も。……その、今さらだけど、これまでひどい扱いをしてごめんなさい」

「ああ、ごめん」

二人はずっと気になっていたのか、改めてそうリュミエに頭を下げてくれた。

「えっ⁉ そんなっ！ 私は皆さんの奴隷だったんですから、当然のことです。それに、お二人に直接何かされたわけでもありませんしっ」

リュミエはあわあわと焦った様子でそう返す。

この世界では、奴隷を使役するのは違法ではないし、当たり前のことだ。

だから転生してきたばかりで、ましてや人ですらないオレから謝れとは言えなかった。

でも――オレはこれでようやく、胸のつっかえが取れた気がした。

「虫のいい話だとは思うけど、私たちとも仲良くしてもらえるかしら……」

「何なら、気が済むまで殴ってくれてもいいぞ」

「殴――っ⁉ いいいいいえっ！ 全然そんなことはしたくないですっ。……殴られるのは、痛いですから……」

「……そう、よね。痛かったわよね。本当にごめんね。ごめんなさい。ノーアビリティだから仕方ないなんて、そんな考えどうかしてたわ」

アルマは涙ぐみ、そうリュミエを抱きしめる。

「オレは食事の準備をしてくるから、ベルンとアルマはリュミエと親睦《しんぼく》を深めててくれ」

オレは二人にリュミエを託し、「パセリとレモンのローストチキン」と「ほうれん草のソテーにんにく風味」作りに取り掛かることにした。

——ええと、まずはニワトルの肉を唐揚げサイズに切って、フォークでブスブス刺して味しみをよくして……。

切った肉をボウルに入れ、レモンのしぼり汁、刻んだパセリ、酒、すりおろしたにんにく、塩コショウに漬け込んでおく。

肉を漬け込んでいる間に、にんにくの皮をむいて薄くスライスし、ほうれん草はざく切りに。

ああそうだ、ごはんも炊かなきゃな。米、精米したやつまだあったっけ……。

アイテムボックスからお米を取り出し、洗って水と一緒に鍋《なべ》に入れる。

炊飯はスキル【料理】任せのため、これはおかずが完成してからだ。

三十分ほど漬け込んだら、油をひいたフライパンに、皮目を上にして肉を並べていく。

——本当はオーブンがあるといいんだけど、この世界、一般庶民は調理器具を入手することすらできないからな。

グラタンを作った時同様、上から魔法で熱を加え、挟み撃ちにする。

現状、オーブン料理を作りたいときはこうするのが一番手っ取り早い。

途中、何度かつけダレを重ね塗りしつつ、こんがりするまで焼いていく。

肉が焼けたらフライパンを洗い、今度はほうれん草のソテーだ。

バターとスライスしたにんにくをフライパンに入れ、香りが立ってきたらほうれん草を入れて炒《いた》める。最後に塩コショウで味を調えれば完成だ。

あとはスキル【料理】で炊飯して――。

「晩ごはんできたぞ。リュミエ、手伝ってくれるか？」

「はいっ！」

「私も手伝うわ」

「俺もできそうなことがあれば手伝うぞ」

「お、サンキュ。んじゃ、お皿をどんどん運んでくれ。リュミエはコップに氷を入れて用意してくれるか？　飲み物は、酒かジャム入りドリンクを選んでもらってくれ」

「分かりました」

以前は俺が用意しないと氷が手に入らなかったが、今は飲み物用の氷くらいであればリュミエでも準備できるようになった。

リュミエの努力とメカニーの授業の成果だな。

「じゃあ食べようか。今日のごはんは、『パセリとレモンのローストチキン』と『ほうれん草のソテーにんにく風味』、それからごはんだよ」

「お、おおお……なんか分からんがすげえ！　これ、全部食えるのか？」

「こ、この肉、ニワトルなのよね？　食べて大丈夫なの？」

「もちろん。肉もソテーもごはんも、まだおかわりあるからな。いただきます」

「いただきますっ」

「い、いただきます？」

オレとリュミエがそう手を合わせると、そういうものだと思ったのか、ベルンとアルマも真似《まね》して「いただきます」をしてくれた。

「――うん、うまい！　我ながらいい焼き加減だ」

パセリの香りとクセのあるほろ苦さ、レモンの酸味、ニワトルのうまみを、にんにくが持つパンチのある味がしっかりとまとめ上げてくれている。

一つ一つはクセの強い食材でも、こうして組み合わせることで、クセがおいしさへと昇華する。

――これだから料理はやめられないんだよな。

「おいひいれすっ。これ、好きですっ」

「あはは、それはよかった。ベルンとアルマは？」

二人の反応が気になって目をやると、なぜか放心状態になっていた。

「あの、二人とも……？　口に合わなかったかな……」

前世でもパセリ苦手な人けっこういたし、もしかしたら……。

そう思ったが。

「あ、ああ、悪い。違うんだ。俺の中に、こんな幸せな感覚があったのかって思ってな……」

「なんだか底なしに満たされていく感じがするわ……」

どうやら相当気に入ってくれたらしい。よかったよかった。

ベルンとアルマは幸せに酔いしれていたが、しばらくすると、黙々と、けっこうな勢いで食べ始めた。

結局、その後みんながそれぞれおかわりをして、作った料理はきれいさっぱりなくなった。

「ソータ、おまえすげえよ。こんな幸せ、初めて味わったぞ。ありがとな」

「本当に。自分の中にこんな感覚が眠っていたなんて。これから私たちがする仕事は、この幸せを生み出すためのお手伝いなのね」

「ああ。二人さえよかったら、これからもたまには夕飯一緒に食べよう」


次の日から、ベルン、アルマが中心となっての収穫が始まった。

収穫された作物のほとんどは、オレがアイテムボックスに保存するか、スキル【料理】で適した形へと変えていく。

二人は果物を気に入ったらしく、仕事の合間に好きに食べているようだった。

リュミエは家で勉強をさせている日も多いが、農場を散歩するのが好きみたいなので、時々は気分転換のために農場へ連れてくる。

——そういえば、いい加減そろそろ屋敷も造らないとな。

石垣に開けられたアーチ状の通り道には、今や立派な門の扉が完成している。

しかしその向こうはというと、未《いま》だ更地状態のまま放置されていた。

「メカニー、石垣の奥に家を造りたい。料理屋と、オレとリュミエが暮らせるスペースと、ここにたどり着いた冒険者や農場の従業員が宿泊できる場所がある、できるだけ大きい家がいいな。ラスボスっぽく、豪華なお屋敷だとより嬉《うれ》しい」

『かしこまりました。素材をお願いします』

素材か、足りるかな……。

オレはアイテムボックスに溜《た》め込んでいた木材やら岩、金属やらを、あるだけその場に出す。

これらは主に、モンスターを倒した際に手に入れたものだ。

——あとは、アイテムボックスにある使わないアイテムも入れてしまおう。

なんか強化されそうだし！

『蒼太《そうた》様、この量では、豪華なお屋敷は建ちません』

「で、ですよね……。素材はこれから頑張って集めるから、なんかいい感じに頼むよ」

そうだ、せっかくだし、家具の類はボルドのあの家具屋で作ってもらおう。出来もよかったし！

『承知しました。では、建築に使えそうなアイテムは自動で使用してもよろしいでしょうか？』

「そんなことできるのか。もちろん。助かるよ」

『かしこまりました。……スキル【アイテム生成】のオート機能を起動しました。食料、リュミエ様の勉強用筆記用具を生成する素材、特殊アイテムを除いた素材が自動で使用されます。その他残したいものがありましたら都度お知らせください』

「分かった。ありがとなメカニー」

「おうちの完成、楽しみですねっ！　完成したら、ここがソータ様の居城になるんですよね」

「居城かあ。じゃあリュミエは姫かな？」

「ひ——えっ⁉　そ、そんな、恐れ多いです！　お姫様のようなポジションは、ミステリア様の方が向いてるのでは⁉」

リュミエはあたふたしながらそう切り返す。可愛《かわい》い。

「あいつには、ギルド長としての仕事をしてもらわないと。それともリュミエは、ラスボスの居城の姫なんて嫌か？　普通の人間として暮らしたいなら、まあ無理強いはしないけど……」

「そんなことないですっ。私はソータ様と一緒にいられれば何でも。私はラスボスであるソータ様から力をもらった眷属《けんぞく》なんですから、きっとすでに人間ではないです」

「あはは、たしかにそうかもな」

リュミエの頭を撫でると、ふわっと気持ちよさそうな表情を浮かべる。

眷属というより、娘かペットみたいだな。

むしろこっちが癒される。

「屋敷の件はメカニーがどうにかしてくれるっぽいし、そろそろ農場側に戻ろうか。昼もすぎたし、ベルンとアルマも誘って昼食にしよう」

そう扉の向こうへ転移しようとしたそのとき、思わぬ事態が起こった。

「ちょっとちょっとちょっと！　小鳥遊《たかなし》蒼太さん⁉　何してるんですかっ！」

「⁉　だ、誰だおまえ。どっから入って――」

「なっ――女神の顔を忘れるなんて、無礼にもほどがありますっ」

「め、女神……？」

――あ。

そういやオレを転生させた女神、こんなヤツだったような？

「あー、うん。覚えてるぞ、女神様だよな。久しぶり！」

「絶対忘れてましたね！　……まったく、まあいいですけどっ。そんなことより、これはどういうことですかっ⁉」

「これ、とは？」

「ラスボスエリアですよ！　私、あなたに『ダンジョンのラスボスに転生していただきます』って言いましたよね⁉　どうして戦場であるはずのここが立派な農場になってるんですか⁉　なんなんですかこの晴れ渡る青空はっ」

あー、そういう。

というか今さらすぎるな！

ここを戦場として使ったことなんて、一度もないんだが？

「ちゃんとラスボスとして君臨してるだろ。なんならステータスでも確認するか？」

「そ、そういうことじゃなくてっ！」

「ラスボスエリアは好きにしていいんだよな？　使い方の指定はなかったはずだけど」

「そ、それは――だってまさかこんなことするなんてっ。私、上司になんて報告したらいいんですか⁉　また怒られちゃうじゃないですかっ！」

いや知らんわ！

というか女神にも上司とかいるのか。しかも「また」って。

騒がしい女神を前に、リュミエも困惑した様子でオレを見る。

「そ、ソータ様、女神様とお知り合いだったんですか？」

「ああ、いや。そういう設定のちょっと変わったヤツなんだ。気にするな」

「そ、そうなんですね……」

リュミエが珍しく、心底憐《あわ》れむような目で女神を見ている。

その純粋無垢《むく》な瞳《ひとみ》に、女神は顔を真っ赤にして泣きそうになりながら反論する。

「私はれっきとした女神です！　十個もスキルあげたのに、何ですかその態度はぁっ」

う、うるせえ……。

そもそも十個くれたのはそっちの都合だろ！

「というか、こんなところに放置しておいて、今さら何しに来たんだよ……」

「何しに来た、ですって⁉　私だって下界になんて来たくなかったですよ！　でもあなたが！　ラスボスエリアに農場作ってスローライフなんて始めるからっ！」

「何がいけないんだよ」

「あなた、ラスボスが何か知らないんですか？　ラスボスっていうのは！　ラストボスなんです」

いや分かるけど。

「じゃあ聞くけど、ボスって言葉の意味知ってるか？」

「？？？　当然じゃないですか、馬鹿にしないでください。実力者とか支配者とか、そういう意味ですよね？」

「そうだ。それのどこに悪役って意味があるんだ？　ラスボスが悪役じゃなきゃいけない決まり、ないよな？」

「なっ、えっ？　いやいやいやいやいや……はあああああ⁉　そ、そんっ、そんな屁理屈《へりくつ》っ」

「決まり、あるのか？」

「…………な、ない、です」

女神は真っ赤になり、スライムのごとくぷるぷると震えている。勝ったな！

「まあそういうわけだから。ちゃんとラスボスとして、支配者として君臨はしてやるよ。つまりは、ラスボスエリアのオーナーだ」

「そ、そんなあ……」

言葉をなくした女神は、その場にへたりこんで意気消沈している。

まあ意図しない使い方をされてしまって可哀想《かわいそう》ではあるけど。

でもそもそも、ただの会社員だったオレをラスボスに据えるのが悪い。自業自得だ。

「というか、なんでそんなにラスボスを置きたがるんだよ。倒しても倒しても湧いてくるんじゃ、この世界の住民が可哀想だろ」

「……ラスボスを置くのは、この世界の平和を維持するためです」

――――え？

「人というのは、争わずにはいられない生き物なんです。強欲で自己中心的で、有限なものを無尽蔵に欲しがります。だから争いを少しでも減らすために、共通の敵としてラスボスを置くんです」

「そ、そんな……。というかおまえ、そんな役割をオレに押しつけたのか……いったいオレになんの恨みがあるんだ……」

「てへぺろ☆　いや本当にそういうのじゃなくて！　転生って誰でもできるわけじゃないんですよ。あと魂の適性とかいろいろあって、この世界に転生できそうなのが小鳥遊蒼太さんしかいなかった、というか……」

あ、頭が痛い……。

それなりにちゃんとした理由があるだけに、なおさら頭痛い……。

まだ「何となく☆」とかの方がよかったよ！

「そういうわけなので、あなたにはちゃんとラスボスでいてもらわないと困るんです。だからチートできるようにスキル十個にしてあげたのに、ふざけたスキルを取っちゃって……はぁ」

オレのせいかよ⁉

「……ところで、その横のは何です？　あなたと魂が同化してますけど……」

「こいつはその……」

「私は、ソータ様にすべてを捧《ささ》げた元奴隷です」

「…………うん？」

「ちょ、おまっ――」

「ソータ様にすべてを捧げた、元奴隷、です！」

そんな元気に主張するなあああ！！！

誤解を招くだろうが！！！

「ほうほうなるほど？　悪役は嫌だと呑気《のんき》にスローライフは送るけど、ちゃっかりこんな美少女奴隷を飼っていると？　なるほど」

ああもうほら！　めんどくさい！！！

「違うっ！　オレはただ、リュミエがモンスターに襲われてたから助けただけで――」

「――へえ、まあそういうことにしといてあげましょう」

「本当だから！　オレ奴隷とか興味ないから！」

「え……」

「リュミエもそんな悲しそうな顔しない！　そもそも、今は奴隷じゃないだろっ！」

オレはことの経緯を説明し、どうにか（多分）誤解を解くことに成功した。

「いや、そもそもラスボスが人助けって。まだ攫《さら》ってきて無理矢理の方がよかったですよ……」

「うるせえ。オレは悪役になり下がるのは絶対にごめんだからな！」

……とはいえ、女神の言っていることも一理ある。

ラスボスがいないことが大っぴらになれば、これまで共闘関係にあった隣国との戦いを企てる人間が出てくるかもしれない。

――いったいどうすればいいんだ？

オレは一生、ラスボスとしてコソコソ生きなきゃいけないってことか？

しかも万が一ダンジョン最下層まで冒険者がたどり着いたら、そのときは――。

いや無理！

人間殺すなんて無理ですから！

しかもオレが死ぬまでその戦いが続くとかそんな苦しい人生嫌だ！！！

だ、だったら。オレができることは。

「よし、オレがラストダンジョンを攻略する」

「――え？　え、今までの話、聞いてました？」

「ああ。いったん中にいる冒険者たちを入り口まで送って、結界で入り口を塞《ふさ》ぐ。で、ダンジョンを攻略して、ダンジョン内で死人が出ないように改変する」

「え、あの、そのあとは……？　一応この星、そう簡単に廃棄できないくらいにはお高くt」

「うん、これでいこう」

「ちょ、小鳥遊蒼太さん⁉」

そうと決まれば、まずはスキル【探知】で人の位置を確認して――。

――なるほど、今いるのは二組、合計十二人か。

「聞いてええええええ！」

「大丈夫です、ソータ様はとってもお強いですから！」

「そりゃあなたにとってはね⁉　私がスキルあげて、チートに仕立て上げましたからね⁉」

女神の叫びはスルーして。

オレはラストダンジョン内にいた冒険者たちをスキル【転移】で外へ逃がし、ダンジョン入り口を【絶対防御】の結界で塞ぐ。

これで、結界を解くまでは中に入って来られないはず！

再び【探知】で確認すると、入り口へ戻された冒険者がどうにか中へ入ろうと躍起になっている。

せっかく勇気を出して挑んだんだろうに、申し訳ない……。

でもこれから、中にいるモンスターを一掃してダンジョン内を改変するから。

そしたらその後はいくらでもどうぞ！

「よ、よし、いくぞ――」

オレはスキル【絶対防御】×【特殊効果無効】×【料理】の膜を発動させ、それを上へ上へと押し広げていく。

同時に【探知】で様子を見ると、モンスターが次々と無害な食材へ変わっていくのが見えた。

食材はあとで回収して、おいしくいただこう。うん。

「ああ、終わった……せっかくここまでバランスを保ってきたのに……。上司に叱られるのは私なんですからねっ……うう、ぐすっ……」

「そう泣くなよ。ラスボスは放棄しないって言ったろ？」

とりあえず、これでラストダンジョン内のモンスターはいなくなったはず。

あとはダンジョンのいたるところに【絶対防御】の壁、それからランダムに転移する【転移】トラップを設置して――。

「よし！　これでどうだ？」

「どうだ、じゃないですよ！　何なんですか、ここは巨大迷路ですか!?　遊園地ですか!?」

「よく分かったな。まあそんなところだ」

「そんなところだ、じゃなああああああい！　もう、本当なんなのこの人間……あの世界では異世界転生やらラスボスやらダンジョンやらが一般教養として浸透してるって聞いたから、説明の手間が省けてラッキー！　って思ったのに！」

うん。その噂《うわさ》、だいたい合ってるけどだいぶ間違ってるぞ！

再び愕然《がくぜん》と崩れる女神を前に、リュミエは困った様子でおろおろしている。

「これなら冒険者を危険な目に遭わせることなくラストダンジョン踏破の難易度を維持できるし、いいこと尽くしだと思うけどな」

「モンスターが一体もいないダンジョンなんて、どう考えても不自然ですよ！」

「なるほど、それは一理あるな。なら……メカニー、なんか適当に、冒険者を殺すことなく適当に相手してくれるモンスターを生成できないか？　【アイテム生成】で」

なんならゲームみたいに、倒したらお金やアイテム、食材なんかを落とす仕様もいいな！

『可能ですが、生成するには素材が必要です』

「――あ、そうか。何が必要なんだ？」

『ゴーレム系なら岩や石、植物系なら草や木、骸骨《がいこつ》系なら骨など、素材によって生成できるモンスターが変わってきます。あとはモンスターの核となる魔石がいります』

「なるほど――。なら、いったん屋敷よりそっちを優先してくれ」

『かしこまりました。宝物庫にある魔石を使用しますがよろしいですか？』

「ああ、好きなだけ使ってくれていいよ」

『承知しました。これだけの魔石があれば、数百体は生成可能です』

「なら頼む。生成して、適当にダンジョン内に配置してくれ。――あ、ついでにこれも混ぜ込んで、宝箱に入れて設置したり、ドロップアイテムにしたりしてくれると助かる」

オレは倉庫にあったコンフードや回復アイテム、金貨や銀貨を数千枚、それから「おいしいよ(食べて)！」と書いた、透明の袋に詰めたスルメや干し肉、ジャムも一緒に渡すことにした。

『では【冒険者を殺すことなく適当に相手してくれるモンスター】を生成します』

『…………。アイテムの生成および配置が完了いたしました』

メカニーの一言で、ラスボスエリアにあったアイテムや素材の一部が消失したのを感じた。

「よし、これで問題ないだろ？」

「もう……どうにでもしてください……。小鳥遊蒼太さんのばかああああああっ」

女神は、そんな小学生のような捨て台詞《ぜりふ》を叫び、その場から姿を消してしまった。

◇◇◇

女神が去ったあと。

ベルン、アルマとともに昼ごはんを食べ終えたオレとリュミエは、食材の回収がてらダンジョンを探検することにした。

「スキル【転移】で移動することはあったけど、ダンジョン内をじっくり歩くのは初めてだな」

「そういえばそうですね……。私もこんな深い層は初めてです」

先ほどメカニーに作らせたモンスターが散見されるが、オレを主《あるじ》だと理解しているのか、襲ってくることはなかった。

「リュミエ、大丈夫か？」

「はい、ダンジョン内を歩くのは慣れてますから」

「そっか。冒険者歴はオレよりずっと長いもんな」

「奴隷として、荷物持ち兼おとりとして同行していただけですし、冒険者歴だなんて言えませんけど、でも少しは慣れたかもしれません」

……いや、うん？　待てよ？

冷静に考えたら、魔力もスキルもなしで冒険者に同行するって、実は相当すごいことなのでは？

いくら戦うのは冒険者とはいえ、こんな険しい道を、しかも荷物を持たされた状態でついていくなんて、生半可な体力ではできないはず。

しかもリュミエがいたのは、死の森を生き抜き、このラストダンジョンにも挑んだベルンたちのパーティーだ。

——あれ？

え、実はめちゃくちゃすごい？

それとも、ここの世界ではこの体力が普通なのか？

前世のオレなら間違いなく死んでる！

「………リュミエがオレより強くなって襲ってきませんように」

「⁉　どんな心配ですかっ⁉」

突然手を合わせて祈り始めたオレに、リュミエがそうツッコミを入れてくる。

リュミエがやさしい子でよかった……。

「……私はただ、頑丈なだけです」

「いやいや頑丈って。普通の女の子だろ？」

「普通の女の子……。冒険者奴隷にそんなことを言うの、ソータ様くらいですよ」

な、なんだ？

実は人間じゃない——なんてことはないよな？

奴隷であっても、冒険者奴隷は何か特別なんだろうか？

「ご、ごめん。なんか失礼だったかな……」

「い、いえ、そうじゃなくて。……その、ちょっと嬉《うれ》しかったです」

リュミエは視線を逸《そ》らしながらも、嬉しそうにそうはにかむ。

「私はノーアビリティとして生まれて、五歳で冒険者奴隷の育成施設に売られました」

「――――え？」

「うちは裕福な家庭ではありませんでしたし、ノーアビリティの娘がいるなんて、世間体が悪くなるだけです。無駄にお金もかかりますし」

リュミエによると、冒険者奴隷には、普通の奴隷よりも体が丈夫であること、冒険者の足手まといにならない判断力があることが求められるらしく、適性があると判断されれば施設が高値で買い取ってくれるらしい。

「家でも毎日殴られていたので、私はやっとこの生活から逃げられると思いました。でも――」

リュミエは、施設で行なわれる過酷な訓練、奴隷として生きるための教育、生き残りをかけた選別試験などについて話してくれた。

訓練や試験で、毎年施設にいる子の半数以上が死んでいくという。

だからそこで生き残った自分は頑丈だと、そう言いたいらしかった。

「えへへ、可愛《かわい》くない育ち方をした女の子で、がっかりしましたか？」

そう悲しそうに笑うリュミエを見て、胸が苦しくなり、体の奥から熱いものが込み上げてくる。

だめだ。泣きたいのはリュミエのはずなのに、オレが泣いてどうする。

「がっかりなんてするわけないだろ。よく頑張ったな。辛《つら》い思いをしてきた分、たくさん甘えていいからな。オレが幸せにするから」

「………はい。私、もう十分すぎるくらい幸せですけどね」

そう返すリュミエの声は、かすかに震えていた。

リュミエも泣いてるのかな……。

オレとリュミエは、しばらく互いの顔を見ることなく、ただ無言でダンジョン内を歩き続けた。


ダンジョン内は、本当に自然豊かというかなんというか、こんなことあり得るのか⁉　と思わず突っ込みたくなるほどバリエーション豊かだった。

ある階層は鍾乳洞《しょうにゅうどう》のようにごつごつした岩と水たまりに覆われていて、そうかと思えば次の階層では草原のような光景が広がっている。

また、マグマが煮えたぎっている階層があれば、まるで北極か南極にでも来たかのごとく極寒な階層もあった。

「この世界、どう考えてもおかしいだろ……」

『ラストダンジョンですから。この世界ではダンジョン変異と言われていますが、恐らく、ダンジョンを作った神様が難易度を上げようとした結果でしょう』

「神様雑すぎでは⁉　なんでワンフロア変わっただけで気温が五十度くらい変わるんだよ！　少しは自然の摂理に従えよっ」

『それは私にも分かりかねます』

ダンジョンからは、何が何でもラスボス討伐の難易度を上げたいという神の意思がひしひしと伝わってきた。

倒されると次のラスボスをあてがわなければならず仕事が増えるため、なるべく長く居座っててほしい、という事情があるのだろう。

ずぼらにも程がある。

「これだけの試練を乗り越えて、さらにオレが作ったトラップを潜《くぐ》り抜けてたどり着くんだから、ラスボスエリア到達者が現れた暁には盛大におもてなししないとな」

「ソータ様の作る料理なら、みなさん感動間違いなしですよっ」

「嫌なヤツが入り込んできたら、永遠に彷徨《さまよ》うトラップでも作ろう。アレスタとかアクエルとか」

「個人的には、ダンジョンからの追放を希望です……」

「はは、たしかに。ラスボスエリアにたどり着くと同時に入り口への強制送還をループでどうだ？」

「それなら賛成です、なんてっ。えへへ」

リュミエもだいぶ素直に反応するようになってきたよな。

前なら、こんなこと絶対に言わなかったはず。

——でも本当、奴隷を酷使する弱肉強食がここのルールだっていうなら、あいつらには何らかの報復をしてやりたい気もするな。

リュミエを含めた奴隷を散々虐げて、犠牲にして、ベルンとアルマの全財産を持ち逃げして。

そんな奪った側がのうのうと生きられる世界なんておかしいだろ！

第八章　ミステリアが仲間になった！

──醤油《しょうゆ》が欲しい。あとはお酢。

帰宅して、収穫した食材をテーブルへと出しながら、オレは「醤油とお酢が欲しい」という強い思いに駆られていた。

「大量ですね。こんなにたくさん、どうするんですか？」

「ん？　ああ、保存食にしようと思って。長期保存用としてはフリーズドライや乾物が無難だけど、ほかにもおいしい保存食はいくらでもあるしな」

今日は何を作ろうか……。

きのこやにんにくのオイル漬けにトマトソース、青じそを使ったジェノベーゼ風ソース、根菜のピクルスもいいよな。ジャムも新たに作りたいし、ドライフルーツも捨てがたい。

コムの実も小麦に変えておいた方がいいか。使うときラクだし。大根は切り干し大根にしよう。

──うん、やっぱり醤油とお酢が欲しい！

あと味噌《みそ》もあるとより嬉《うれ》しいな。

この三つがあれば、食生活が劇的に変わるはず。

原材料はたしか、大豆と塩、麹《こうじ》、水あたりだったか？

でも、原材料は分かっても麹の入手方法が分からないんだよな。

麹って、どっからどうやって発生するんだ？

『麹は、稲に自然発生します』

「え⁉　というかおまえ料理のこと分からないって――」

『蒼太《そうた》様の脳内と、畑を含む私の管轄内にあるものを照合いたしました。結果、稲の穂先に麹があるようです。濃い緑色の塊がそれです』

「は？　稲の穂先？」

オレは収穫してきた稲の穂先をくまなくチェックする。

すると一部の稲の穂先に、何かの種のような塊が付着していた。

「こ、これが麹……なのか？　もっと白くてふわふわのイメージだけど」

『麹で間違いありません』

うーん……まあでも、メカニーがそう言うならきっとそうなんだろう。

こいつ、ぽんこつだけど嘘《うそ》は言わないしな。

オレはその稲に付着している塊、大豆、水、コムの実、塩をボウルに入れて、スキル【料理】を発動させてみた。

いつもどおり、食材が白い光を放ち始める。そして。

ボウルの中には！　なんと！

香ばしい香りを放つ、ほのかに赤みがかった黒い液体が誕生していた！

オレは恐る恐る、その液体を舐《な》めて確認してみる。

「――し、醤油だ……。しかもめちゃくちゃうまい。まさか麹がこんな身近にあったとは……」

久々に味わう醤油のおいしさに涙が滲《にじ》む。

「こ、この液体、そんなに重要なんですか？」

オレがあまりに喜んでいたためか、リュミエは不思議そうにボウルを覗《のぞ》き込む。

「オレにとってはめちゃくちゃ重要なんだ。リュミエも舐めてみるか？」

「は、はい……」

醤油をスプーンですくってリュミエに渡すと、見た目に抵抗があるのか、じっと醤油を見る。

が、思い切って、舌先で醤油を舐め始めた。

「――か、辛い⁉　でもおいしい、ような気もします。でもやっぱりちょっと辛いです……。なかなかに刺激的な味ですね……」

「ああ、まあ調味料だし、そのまま飲むものじゃないから」

「そ、そうなんですか。よかったです……。スープとして出されたらどうしようかと思いました」

その発想はなかったな！

「いやいや、塩分過多で死ぬよ……。これは――そうだな、今日は醤油を使って何か作るか！　ニワトルの肉も使いたいし、今日は『ニワトルのバター醤油きのこソースがけ』にしよう！」

「ニワトルの！」

リュミエはニワトルが好きらしく、これを出すととても喜んでくれる。

まあ、何を作ってもおいしそうに食べてくれるんだけど。

「よし、それじゃあ――」

ニワトルのモモ肉に軽く塩コショウをふり、フライパンに皮目を下にして並べて弱火でじっくりと焼いていく。

余分な脂を出してカリッと仕上げるため、焦がさないよう弱火で焼くのがポイントだ。

焼いている間に、ソース作りを進めていく。

――きのこは、今日はしめじにするか。青じそも追加しよう。

香りがいいし、この組み合わせ好きなんだよな。

しめじは石づきを切り落とし、小房に分けて、バターをひいた鍋で炒《いた》めていく。

青じそは千切りにしておく。

皮目がこんがり焼けたら、裏返して完全に火が通るまで加熱して――。

「ここで醤油の出番だ。しめじに醤油、日本酒っぽいこの酒、砂糖を加えてとろみがつくまで炒めたら、あとは刻んだ青じそを加える！」

「ふあああああ！　な、なんだかとってもいい匂いがしますっ」

湯気とともに立ち昇る香ばしいバターと醤油の香り、それから青じその爽《さわ》やかな香りが、食欲を激しく刺激してくる。

――本当はみりんがあるともっと嬉しいけど、もち米がないからな。

でもまあ酒と砂糖があれば似た感じにはなるし、とりあえずは！

あとは皮目を上にして肉を皿にのせ、作ったバター醤油きのこソースをかければ完成だ。

「できたあああああ！」

「わあああああ！　とってもおいしそうですっ」

リュミエは、おいしい香りとともに湯気を立ち昇らせる「ニワトルのバター醤油きのこソースが

け」を前に、目をキラキラと輝かせている。

二人分をごはんと一緒にテーブルに並べ、ナイフとフォークを用意して。

「それじゃあ、いただきます」

「いただきますっ」

リュミエは、ニワトルの肉にナイフを入れ、きのこと一緒に頬張る。

「ふあ……！　こ、これはたまりませんね」

「はは、だろ？　これが醤油の威力だよ」

リュミエに続いて、オレも切り出した肉を口へと運ぶ。

——ああ、うん。これだよこれ。

このコク深い味わいとふわっと香る香ばしさ！

やっぱり醤油にまさる調味料はないな！

本当に、ラスボスだろうがなんだろうが生きててよかった……。

こうしてこの日、ラスボスエリアでひっそりと、「醤油」という文化が誕生した。

◇◇◇

稲から麹菌《こうじきん》を発見したことで、「醤油」「酢」「味噌」「日本酒」と調味料の類が一気に充実した。

これらがあるのとないのでは、味つけのバリエーションが雲泥の差となる。

日本酒は、それに近い酒はもともとあったけど。

でもやっぱり「日本酒」だと明確な方が安心できるし、作っておいて損はない。

オレは調味料を完成させた勢いで「きのこのオイル漬け」「にんにくのオイル漬け」「トマトソース」「青じそのジェノベーゼ風ソース」「根菜のピクルス」「切り干し大根」「林檎《りんご》とラズベリーのジャム」「桃ジャム」などを次々と完成させていった。

保存用の瓶は、薬用に売られているものを大量に買い込んである。

「あの稲の先っぽの塊があるだけで、たくさんのものが作れるようになるんですね」

「ああ、麹って本当すごいよな。さすがにオレも、麹から調味料作ったのは初めてだったけど」

前世で料理の勉強しててよかった！

そして今回ほどメカニーが役に立ったことはないな！

ありがとうメカニー！

『……私はラスボス用のナビシステムです』

「あはは、分かってるよ。いつもありがとな」

いつもの無機質な音声が不服そうに聞こえるのは、きっと気のせいだろう。

「ダンジョン内にまだ残ってる食材やアイテムの類も回収しないとな。屋敷も早く完成させたいし」

農場エリアと屋敷エリアを隔てる石垣の奥には、屋敷の礎のようなものができつつある。

——ここが完成してからが、本当のスタートなんだよな。

まああの女神がまた騒ぎ出すかもしれないけど。

でも女神だって、きっとむやみに争いを起こしたいわけではないだろう。

ラスボスを置くのは、平和を願ってのことだって言ってたし。

なら、オレは人を殺さない形で平和な世界を目指したい。

リュミエはもちろん、ベルンとアルマもいてくれるし。

どこまでできるか分からないけど、オレはオレの方法で、しっかりラスボスを務め切ってやる。

そのためにまず――オレはレシピ本を作ることにした。

レシピ本とは言っても、ノートに材料と作り方を記した簡単なものだ。

料理屋をオープンするにあたって、こうしたレシピのストックは欠かせない。

作り方は頭に入っていても、すべての料理を即座に思い出せるわけじゃないし。

それに思いつきで作ったものは、何を入れたか覚えていないことも多い。

たまに「この間作ったあれおいしかったのに！　何入れたんだっけ⁉」と悔しい思いをするのも、料理好きあるあるの一つだ。

それに最近、自分たちが食べているものの作り方が気になるらしく、ベルンとアルマが料理に積極的なのだ。

また、リュミエも以前から料理を学びたいと言ってくれている。

作る人が増えれば食材もより有効に使えるし、オレがいなくても作れる再現性が欲しい。


「――なるほど、カップ一杯ってのは、どのカップでもいいわけじゃねえんだな。でもこれ、だいたいじゃダメなのか？」

「ちょっとベルン、この卵、殻が入ってるわよ⁉」

「うるせえな。勝手に入るんだよっ」

「はあ？　子どもみたいな言い訳しないでよっ」

一緒に料理をして分かったが、ベルンは不器用で荒っぽく、繊細な作業にはとことん向かない。

一方アルマは手際が良く、教えたことを次々に吸収していった。

「慣れてきたら目分量でもいいけど、最初は計った方が感覚も掴《つか》めていいと思うよ」

「そうか、まあソータがそう言うなら……」

ちなみに今は、フレンチトーストを作っているところだ。

先日おやつに出したところ、ぜひとも作ってみたい、と頼まれたのだ。

フレンチトーストなら簡単だし、と思ったが。

今、ベルンがカップ一杯をジョッキサイズのカップで計ろうとし、卵を割ろうとして殻まみれにしたところだ。

――ま、まあ、得意不得意はあるよな。豪快さもベルンの魅力だし。

ちなみにリュミエには、マーマレードを煮込むのを手伝ってもらっている。

「ソータ様、こんな感じでどうですか？　ジャムっぽくなってきました」

「お、いいな。あとは火を止めて、瓶に移せば完成だ」

「はいっ」

「熱いから火傷《やけど》しないようにな」

――フレンチトーストを作ってるだけなのに、なんか賑《にぎ》やかだな。

まあこいつらが賑やかなのはいつものことだけど。

でも、なんかいいよなこういうの。

「うおおおおおおおおお！」

「ちょっとベルン！　生クリームまき散らさないでよっ！」

「液体が入ってんだからしょうがねえだろ。……お、なんか固まってきたぞ」

「さすがベルン、早いな」

「ふふん、力仕事なら任せろ！」

卵、砂糖、牛乳で作った卵液に食パンを浸している間に、ベルンには生クリームを作ってもらうことにした。

電動ミキサーも魔法も使わず、泡立て器一つであっという間に生クリームを完成させるベルンの力には、さすがとしか言いようがない。

ちなみに、食パンの耳は味しみが悪いので、時短のため今回は切り落とすことにした。

余った耳は、小さく切って焼いてクルトンにしたり、揚げて砂糖をまぶしたり、別なことに使えば無駄にならない。

「あとはフライパンにバターをひいて、卵液のしみたパンを焼けば完成だよ」

フライパンにパンを置くと、バターの芳醇《ほうじゅん》な香り、卵液のアイスクリームを思わせる甘い香りが一気に広がり、ジュウウウウウ！　と音を響かせる。

その様子に、ベルンもアルマも、リュミエまでもが釘付《くぎづ》けだ。

程よく焼いたところでひっくり返すと、クリーム色ときつね色の入り混じる美しい姿が現れる。

両面が焼きあがったらお皿にのせて完成だ。

好みで生クリームやマーマレード、蜂蜜《はちみつ》をトッピングするのもうまい。

ちなみにこの世界の蜂蜜は、蜂が採取するのではなく、ゴールドツリーという木から採れる。この木の幹に傷をつけると、なんと蜂蜜が滴るのだ。

まあ蜂蜜ってのは、メカニーがオレに教えるために使った前世の単語なんだけど。

「う、うめえ。思ったより簡単だったな」

「ベルンは生クリーム泡立てたくらいしか成功してないじゃない……。しかもすっごい散らかすし！　でも本当、おいしい～っ！」

「おまえだって焼いてみたいって言って焦がしてただろっ」

「さ、最初ちょっと感覚が掴めなかっただけよっ。誰だって失敗くらいするものでしょっ」

「幸せです……」

「そういや、ベルンとアルマが手伝ってくれるようになってもうすぐ一か月が経《た》つけど、二人はこれからどうする？　農場管理の合間にクエストもこなして資金も貯《た》まってきたって言ってたし、冒険者としてやっていきたいならオレは――」

「続けるわ」

「俺も。ぜひとも続けさせてくれ」

「え――でもいいのか？　オレは嬉《うれ》しいし大歓迎だけど、でも二人は優秀な冒険者だし……」

こんな精鋭二人に農作業を手伝わせるのは申し訳なさもある、というのが本音だ。

ラスボス討伐を依頼されるくらいの実力者だし。

「危険なラスボスがいるなら討伐しなきゃならねえが、肝心の討伐対象がおまえじゃなあ」

「そうよね……。いろんな意味で、戦う理由が何もないわ……」

二人はそうため息をつく。

くそっ――絶対あのスライムとの戦いを思い出してるなこいつら！

最終的には助けたのオレなのに！

「それに農場管理も嫌いじゃねえしな。クエストは空いた時間でできるし、俺は今の生活が気に入ってんだ。うまいもんも食えるし！」

「私もよ。これまでは戦うばかりの日々だったけど、何かを育てるっていうのも悪くないわね」

「そっか。ならこれからもよろしくな」

◇◇◇

「――最近、二人の様子がおかしい」

ギルド長であるミステリア・リストンは、最近のベルンとアルマに違和感を覚えていた。

「おかしいって何がです？」

「何が、と聞かれると分からないが、でも絶対に何かある。乙女の勘がそう告げているのだ」

「ええ……ギルド長に乙女の勘なんてあるんですか？」

「……なるほど。ティア、君はクビになりたいらしいな」

「え……じ、冗談ですよ～」

ミステリアが冷たい視線を向けると、ティアは慌ててそうはぐらかした。

「……はあ。最近、二人の姿が見当たらないのだ」

「そうでしたっけ？　昨日、クエスト達成の報告に来たじゃないですか」

「それはそうだが、アレスタたちの一件があってから、なんというかこう……とにかく姿を見る頻度が激減しているのだ。重要なクエストは受けてくれるからこちらは別に困らない。困らないけど、二人はいったい何をしているのだ？」

全財産を奪われた二人は、お金がないと困っていた。

実力的には申し分ないのだから、本来なら少しでも多くのクエストを受けたいはずだ。

——なのに。二人は以前の半分くらいしか顔を見せない。

しかし肌艶《つや》はよくなる一方で、最近とても生き生きとしている。

かと言って、遠くの街に出稼ぎに行っている様子もない。

夜になればギル特内を歩く姿を見かけるし、ラスタを離れてはいない。

——生活に困って良からぬことに手を出してなければいいが……。

「そんなに心配なら、直接聞いてみたらいいんじゃないですか？」

「い、いやしかし、そんなプライベートなことに首を突っ込むなんて」

「なら、私が調査してきましょうか？」

「う、ううむ……」

冒険者の素行調査なんて、万が一気づかれれば信頼関係にひびが入りかねない行動だ。

それに、ギルドに多大な貢献をしている二人に、そんな失礼なことはしたくない。

というのがミステリアの本音だった。

「——あ。そういえば先日、二人がソータさんの部屋に入っていくのを見ましたよ」

「ソータの部屋に……？」

ミステリアの中に、じわりとある疑惑の念が広がる。

ソータは危害こそ加えてこないが、素性を一切明かさず、何をしているのかも掴めない正体不明の新人冒険者だ。

本人は、冒険者というのは仮の姿で、秘密裏にラスボスに関する調査をするよう命じられて来ている、と話していたが。

しかしいくら手を回して調査をしても、その組織の実態どころか存在すら見つからない。

だがソータから敵意はまったく感じないし、週に一度の報告を欠かすこともない。時折おいしい料理も振る舞ってくれる。

たまにクエストを依頼すればきっちりとこなしてくれるし、問題も何一つ起こしていない。

だから、あともう一歩踏み込むことができず、あやふやなままになっていたのだ。

――でも。恐らくソータは、ベルンとアルマに何らかの仕事を斡旋《あっせん》し、報酬を与えている。

でなければ、あの二人の生活が潤っているのはおかしい。

全財産を失ったはずのあのあとも、二人は一度も家賃を滞納していないし、上位冒険者に課せられる会費もきっちりと支払っている。

「……やはりソータは、何かを企《たくら》んでいるということか？」

「どうでしょうか。そんなふうには見えませんでしたけど。むしろギルドを訪れる人としては珍しいくらい世間知らずでふわふわした方だと」

「私も、そこらの冒険者とは違う育ちの良さは感じた。しかし……」

ベルンとアルマは、冒険者ギルド《ブレイブ》に登録している冒険者だ。

仮にラスボス調査に二人を使いたいのであれば、ギルドに相談するのが筋というものだろう。

コソコソと動くからには、そうする事情があるはず。

「――万が一何かが起こってからでは遅いし、少し鎌をかけてみるか……」


ミステリアは、ベルンが一人になるタイミングを待った。

ベルンは夜、一人で酒場へ向かう習性がある。

だからその帰りを狙うのがいいだろう、という結論に至り、今は帰宅待ちだ。

「――ん？　ギルド長じゃねえか。こんな時間に何してんだ？」

「お、おお、ベルンか。奇遇だな。酒場帰りか？」

「おう。やっぱり一日の終わりには酒がねえとな」

ベルンは気持ちよさそうに顔を赤くし、少しフラフラしながらも陽気にそう笑う。

「そ、そうか。酒といえば――最近ソータがうまい酒を持っていてな」

「ん？　なんだ、ギルド長も知ってたのか。あれはうまいよな。うん。あいつの出すもの全部、この世のものとは思えねえよまったく」

――や、やっぱり！

ベルンは、ソータが作るあの料理を食べている。

確信したミステリアは、話を次の段階へと進めていく。

「ああ、私も初めて食べたときは驚いたよ。ソータは本当にすごいよな。仕事だって、あんな仕事は彼にしかできない。でも最近は、ベルンたちにも手伝ってもらっていると言ってたな」

「おう。金を持ち逃げされて、クエストも受けられず途方に暮れてたら、ソータがいい仕事があるっつーからよ。しかしまさか、ソータがラスボス……だと？」

「――――え？　は？　そ、ソータがラスボスだったなんてな」

「え？　……あ？　うん？　あれ……」

ミステリアの反応を見て、ベルンの顔から血の気が引いていく。

「おい、どういうことだ。詳しく聞かせろ」

「あー……いや、ええと……」

「つまりおまえとアルマは、ラスボスに手を貸している、ということになるが？　言い訳があるなら今ここで言え。さもなくば、二人とソータ、リュミエの身柄は拘束させてもらうぞ」

「ち、ちょっと待ってくれ。ソータはギルド長が思ってるようなラスボスじゃねえよ」

「――ラスボスであることも、おまえらが仲間になったことも、すべて事実なんだな？」

ミステリアは目の色を変え、臨戦態勢を取る。

彼女の小さな体から、外見にそぐわない強大な殺気が一気に噴き出した。

「わ、分かった。すべて話す。だからいったん落ち着いてくれ。みんなでちゃんと話そう。なっ⁉」

◇◇◇

「――で、ギルド長を連れてきた、と」

「す、すまん……」

「ほんっとベルンって！　そういうとこよ！」

「そういうとこって何だよっ。仕方ねえだろ知ってると思ったんだからっ」

話によると、どうやらオレがラスボスであるという事実がミステリアにバレたらしい。

今、オレの部屋のリビングには、アルマとリュミエ、ベルン、ミステリアが揃《そろ》っている。

アルマは今日、たまたまリュミエに勉強を教えに来てくれていた。

ミステリアはいつになく鋭い目でオレを見据えており、少しでも何かしようものなら殺されそうな勢いだ。というか、たぶん殺される。

「ぎ、ギルド長、あの、違うんです。ソータは決して悪い人じゃ……」

「その判断は私がする。ソータ、いったいどういうことなのか、すべて話せ」

「……分かった。が、最初に言っておく。オレは事故に遭って死んで、その際に強制的にラスボスを押し付けられた、ただの転生者だ」

「………は？　て、転せ……？」

オレはミステリアに、今までに起こったことを可能な限り素直に説明する。

ミステリアは、それをただただ呆然《ぼうぜん》としながら聞いていた。

「………つまりおまえは一度死んでいて、その女神とやらに会って、気がついたら見知らぬこの世界にいて、しかもラストダンジョンのラスボスだった、と。そして食料を確保しようと死の森に出てリュミエと出会い、情報を得るためにラスタへやってきた、と。そう言っているのか？」

「ああ、そうだ。オレにこの世界を滅ぼす理由なんて何もないし、そんなつもりもない。でもオレがラスボスをやめたら、次のラスボスはどんなヤツか分からない。だからオレは、ラスボスとして君臨しつつ、この世界を見守りたいと思ってる」

ここまできたらもう、洗いざらい吐いてしまうのが吉だろう。

実際オレは、この世界でやましいことなんて何一つしていない。

「…………」

「…………」

何ともいえない、気まずい沈黙が流れる。

「あ、あの、ミステリアさん……？」

「ま、待ってくれ。たしかに私の見た目は愛らしい幼女だが、中身はまごうかたなき大人なのだ。そんな情報量多すぎる突拍子もないことを言われて信じろと言われても、少々無理が……」

ミステリアは頭を抱え、突き付けられた非現実的情報をどう処理すべきか決めあぐねているようだった。

ほら、そういう反応になるだろ！

だから言いたくなかったんだよ！

「しかし、ソータが突然そんな痛――思春期特有の困った嘘《うそ》をつく理由も分からない。メリットが何も浮かばない。それならまだ『ラスボスだなんて勘違いだ』とシラを切るほうが――」

オブラートが役割を果たしてない！

「オレだって信じたくないけど、でも本当なんだよ……」

「……正直ベルンが口を滑らせたとき、ラスボスというのは何かの隠語だと思っていた。でもまさか本当に……？　そんなことがあり得るのか？　だって、どう見てもただの人間じゃないか」

「まあ実際、前世ではただの会社員だったからな」

「……なら、ベルンとアルマにさせている仕事はなんだ」

「ん？　ああ、農場の管理だよ。ラスボスエリアで米や野菜、果物を栽培してるんだ」

「ら、ラスボスエリアで野菜を栽培……だと……？」

情報量の多さについてこられないのか、ミステリアは呆然としながら、オレの発した言葉をぼんやりと繰り返している。

――まあ、普通はこうなるよな。うん。

「なんならミステリアも見に来るか？　オレたちがラスボスエリアで何をしてるのか」

「……分かった。だがそれなら、ティアも連れていく。いいな？」

「えーっと……ちょっと突然すぎて意味が分からないんですけど、ソータさんがラスボスで、ベルンさんとアルマさんとラストダンジョンのラスボスエリアで食べ物を作っている、と。そういうことで間違いないですか？」

ティアは、混乱する頭を必死で落ち着かせようとしている。

勤務時間外であろう時間帯に、こんな訳の分からない事情で呼び出して申し訳ない。

――というか、ティアさんって受付の女性だよな？

受付の女性をラスボスエリアに連れて行こうなんて、ミステリアこそどういうつもりだ？

「な、なんかすみません……。とりあえず、まずはラスボスエリアを見てもらえれば」

オレはスキル【転移】で、全員を連れてラスボスエリアまで転移した。

「なっ――こ、これはいったいどういう……」

「ラスボスエリアって、こんな場所でしたっけ……」

ミステリアとティアは、目の前に広がる農場、そして青空に、信じられないといった様子で呆然と立ち尽くす。

「その反応……ミステリアもティアも、ここに来たことがあるのか？」

「え？」

「は？」

――あれ、なんだこの反応？

「なんだおまえ知らねえのか？　ギルド長は、前ラスボスを倒した冒険者の一人だぞ。ティアはよく知らねえが、書類か何かで見たんじゃねえか？」

――――は？　え？

「はああああああ!?　え、ほ、本当に……？」

「本当だぞ。というかあれだけ話題になったのに、ソータはいったい何をして――あ、なるほど。先ほどの話が本当なら、君が来たのは私がラスボスを倒した後ということになるな。……ふむ、これはいよいよ信じるしかない、のか？」

まだ信じてなかったのか！

実際今ラスボスエリアにいるんだから、頼むから信じてくれ……。

「まあ女神やら何やらはともかく、ソータが今ここに転移できたということは、少なくともそれだけの力を持っているのは確かだ。そしてここは、いろいろおかしなことになってはいるが、間違いなくラスボスエリアだ。なのに、いるはずのラスボスがいない」

「いや、うん。だからラスボスはオレなんだって」

ミステリアは、オレを上から下までくまなく見つつ、「うーん」と唸《うな》っている。

いや、見ても分からないと思うけどな！

オレ、前世ではただの人間だったわけですし！

若返ってはいるけど、別人になってるわけじゃないし！

「……分かった。いったん信じよう。たしかにそれならすべての辻褄《つじつま》が合う。だが冒険者がここに到達したら、ソータはどうするつもりだ？　戦うのか？　ギルドからラスボス討伐依頼を受けているのは、ベルンとアルマだけじゃないぞ」

「いや、オレは戦わない。戦いたくない。そこでこの農場だ。今はまだ途中だけど、近々あの石垣の奥に料理屋もオープンする」

「は？　り、料理屋だと？　ここで？」

「そう、ここで。で、たどり着いた冒険者たちを歓迎する。おいしい料理でおもてなしして、ゆっくり休んでもらって、お帰りいただく。ここをラスボスとの戦闘の間だと思うからいけないんだ。単なるゴール地点にして、ダンジョン踏破おめでとう！　くらいのテンションでいこうと思ってる」

できるだけ明るく、軽いテンションでそう言ってみたが。

「…………」

――――う。ミステリアの憐《あわ》れむような視線が痛い。

でもこれは、もう決めたことだ。

オレは冒険者とは戦わないし、ラスボスとしてここを守り抜く。

これほど平和的な解決策はないだろう。

「まあ襲い掛かってこられても、入り口まで強制転移させれば問題ないよ」

「……はあ。何というか、ラスボス復活に危機感を募らせているギルド従業員が聞いたら泣くぞ。これまで重ねてきた調査と会議はなんだったんだ……」

「まあそういうわけだから、オレを倒しても何もいいことなんてないし、ベルンとアルマは農作業をしてるだけだ。できればこのまま見逃してもらえると助かる」

「………分かった。いったん様子を見よう。上に報告すれば、問答無用で動く可能性もあるからな。ただし、私もここにいつでも入れるようにすること。いいな」

「分かった。言ってくれればいつでも歓迎するよ」

オレはどうにかミステリアを説得し、無事解放された——のだが。


「——ったく。まさかこんな展開になるなんて考えもしなかったぞ。疲れた。労《いたわ》れ。具体的には今すぐおいしいものを食わせろ」

オレの部屋に戻るなり、ミステリアがだだをこね始めた。

「おいしいもの……？」

オレの料理を食べたことのないティアは、わけが分からないというふうに首をかしげている。

「おまえ本当、少しは自重し——あ、そうだ。じゃあせっかくだしあれを出そう」

「お！　何かあるのか⁉」

ミステリアは一瞬で目を輝かせる。

オレは冷やした状態でアイテムボックスにしまっていたプリンを人数分出し、部屋のテーブルに置いた。

「こ、これは……？」

「プリンだよ。スプーンですくって食べる、甘いデザートだ」

みんなに分かるよう、まずはオレから実践してみせる。

なめらかな舌触りと卵、牛乳、砂糖が織りなすミルキーな甘さが、口の中を一瞬で幸せいっぱいにしてくれる。

「こ、これ、もしかして貴族のご馳走《ちそう》……ですか？　私、見るのも初めてです」

オレがおいしそうに食べる姿を見て、ティアは驚きながらも興味津々だ。

「そうだ。ソータは貴族のご馳走を作り放題なんだ」

ミステリアはそう自慢げに説明し、自らもプリンを口へと運ぶ。

「ん～～～～っ！　な、なんだこれは！　今日のはまた一段とおいしいな⁉」

ミステリアに続いて、ベルンやアルマ、リュミエも次々とプリンに手をつけ、口に含むなり恍惚《こうこつ》とした表情を浮かべる。

「やべえ。なんだこれ。うますぎるだろ……」

「おいしすぎて舌が溶けそう～っ」

「この甘いソースもたまりませんっ」

そして最後に、意を決したティアも。

「す、すごい……世の中にこんな素晴らしいものがあったなんて。ギルド長、こんなの知ってて隠してたんですか？　私に内緒で、こんないいもの食べてたんですね⁉」

ティアは恨めしそうに、何とも言えない圧のこもった笑顔をミステリアに向ける。

「――ぐ。す、すまない。いずれはティアにも、と思ってはいたんだ。本当だぞ！」

いつも堂々としているミステリアも、どうやらティアの圧には勝てないらしい。

ティアって普通の受付の女性……だよな？？？

圧がオレに向かなくてよかった！

「もうっ。今度からは私も誘ってくださいね！　ソータさんも！」

「お、おう。分かったよ……」

こうしてプリンによる餌付けも成功し、オレたちの絆《きずな》（？）は一層深まったのだった。

第九章　アレスタとアクエルがダンジョンへ

オレがラスボスであるとミステリアにバレたあの日以降、ミステリアは頻繁にラスボスエリアへ赴くようになった。

最初は少なからず警戒も怠らずにいたが、ベルンとアルマがいることもあってか、今ではすっかり農場になじんでいる。


一方、オレはというと。

まずは屋敷を完成させないことには、ということで、肉や魚の調達がてら森にある素材をじゃんじゃん集めることにした。

よく考えてみれば、木も岩も、触れて念じればアイテムボックスへ収納できる。

そしてアイテムボックスに入れられた素材は、メカニーが勝手に使ってくれる。

つまりオレがすることといえば、素材になりそうなものに触れつつ森を散歩することくらいだ。

今やリュミエも立派に魔法が使えるようになり、スライムやニワトルなどの小さな魔物くらいならあっという間に倒せるようになった。

オレがラスボスエリアの開拓やダンジョン周辺の調査で出ている間に、メカニーが訓練してくれていたらしい。

「ソータ様、ニワトルがこんなに集まりましたっ。卵もありますよ！」

「すごいなリュミエ。助かるよありがとう」

「えへへ」

リュミエは山積みになったニワトルを、誇らしげにオレに見せてくる。可愛《かわい》い。

リュミエには【料理】などのスキルはないため、リュミエが狩ったモンスターをオレがスキルで処理していく。

ちなみにスライムは、狩ると同時に【料理】で処理しないと、粘度を失ってべちゃっと液化してしまう。

そのため、リュミエがスルメ用にスライムを狩ることはできないようだった。

スルメって、案外難易度の高い食品だったんだな……。

――まあ正直、リュミエの身に危険が及ばなければ何だっていいんだけど。

モンスター、オレの【絶対防御】に当たったら勝手に死ぬしな！

でも、こうしてリュミエとともに森を散策し、狩りをする時間がとても好きだ。

リュミエの訓練にもなるし。

「リュミエ、そろそろお昼にしよう。採れたての食材があるし、今日はここで料理するぞ！」

「こ、ここでですか⁉」

「ああ、必要なものはアイテムボックスに入ってる」

今日の戦利品は、リュミエが狩ったニワトルとその卵、キノノンというキノコ型のモンスターから得たきのこがメインだ。

「今日は焼き鳥と、あとはスープでも作ろうか。宝物庫でちょうどいいものを見つけたんだよ」

「ちょうどいいもの、ですか？」

「ああ、ほら」

宝物庫で見つけたのは、金属製の串《くし》のようなもの十本。

発見したときは針の先端に毒が塗られていたため、恐らく武器の類なのだろう。

しかし【特殊効果無効】で解毒したのち【浄化】してしまえば、串焼きの串にちょうどいい。

三十センチほどあるため焼き鳥串としては少し長いが、バーベキューと思えばこんなもんだろう。

「金網、持ってきてよかった！」

「わあ、今日はこの金網でニワトルのお肉を焼くんですねっ！」

金網は、スキル【料理】の特典としてついてきたものだ。

サイズはそこまで大きくないが、二人分の肉を焼くくらいなら問題ない。

集めてきた岩で適当に土台を二つ作り、一つには金網を、もう一つには鍋《なべ》を設置する。

「スープは何味にしようか。串焼きがシンプルに塩コショウだし、トマトスープにでもするか？」

「はいっ」

「んじゃあ今日の昼ごはんは、焼き鳥と、鶏《とり》ときのこのトマトスープだ。肉は串に刺して焼くだけだから、先にスープを作ろう」

まずはニワトルのモモ肉を一口サイズに切り、油をひいた鍋で炒《いた》める。

表面に少し焦げ目がついたら、食べやすく切った玉ねぎときのこ追加。さらに炒めていく。

ちなみにキノノンはエリンギのような形をしており、頭からうさぎの耳のようにさらに二本のエリンギが生えている。

食べるのは、頭に生えている二本だ。

まあどうせ、処理は全部スキル【料理】がやってくれるんだけど！

「あとはここに切ったトマトを入れて炒めて、水、塩コショウを加えて煮込む！」

「おおお……！」

「リュミエ、焦げないように混ぜてくれるか？」

「はいっ！」

スープをリュミエに任せ、オレは焼き鳥作りに着手する。

まあニワトルのモモ肉を適当に切って、あとは串に刺すだけだけど。

——ああ、そうだ。

せっかくこの間醤油《しょうゆ》やら何やら作ったし、タレも作ろうかな？

設置していた金網を外し、サイズを調整してフライパンをのせる。

そこににんにくの皮をむいてすりおろしたもの、醤油、砂糖、酒を入れ、沸騰して少しだけ粘度が増すまで加熱すれば完成だ。

「わ……なんかとってもいい匂いです……」

「だろ。焼き鳥はいいぞー」

金網を戻し、油を塗って火を熾《お》こす。

串刺しにした肉を金網に並べてしばらくすると、肉の表面の色が変わり、こんがりと色づきながら脂を滴らせ始めた。

滴る脂がパチパチと音を立て、どうしようもなく食欲を刺激してくるが……。

――よし、そろそろかな！

半分には塩をふり、もう半分には先ほど作ったタレをつける。

タレをつけた串を網に戻すと、ジュウウゥゥッという音とともに甘辛さを感じさせる暴力的な香りに一帯が支配される。

リュミエもこちらが気になって仕方がない様子だ。

「リュミエ、スープはどんな感じだ？　……お、いい感じだな。よし、もういいぞ。お疲れ様」

「は、はいっ！」

「……はいこれ、味見」

「ありがとうございますっ。いただきますっ」

小皿に入れたスープを一口飲み、リュミエは力が抜けたような、とろけた表情を浮かべる。

「おいしいです……体に染みわたりますね……」

「……うん、うまい！　肉ももう焼けそうだな。メカニー、この木をテーブルと椅子にしてくれ」

『かしこまりました』

木でできた簡易的なものではあるが、今食事を摂《と》るには十分なテーブルが一つ、そして椅子が二つ生成された。

リュミエがスープをよそってテーブルに運んでいる間に、肉を再びタレにつけ、最後の仕上げに焼き上げる。

「こっちもできたぞ。こっちが塩、こっちがタレだ。串が熱いから、持ち手をこの布で包んで火傷《やけど》しないようにな」

「わー！　すごいです、なんだかドキドキしますねっ」

リュミエもアウトドア飯のワクワク感を分かってくれるか。嬉《うれ》しいな。

「それじゃ、いただきます！」

「いただきますっ」

まずはスープを一口。

「うっま……！　やっぱり先に炒めて正解だったな」

「おいしいですっ」

塩コショウというシンプルな味付けだからこそ、鶏とトマト、きのこのうまみの三重奏というインパクトを改めて感じる。

そしてお次は！　焼き鳥（見た目はバーベキュー）！！！

「あー、これ！　この甘辛いタレたまらないな！　ビールが欲しくなる」

「ビール？」

「お酒の一種だよ。昔好きでよく飲んでたんだ」

たしかこの世界では、オームの実とホピという植物が大麦とホップにあたりそうなんだよな。まだ試してないけど。

「いつかそのビール？　も作れるといいですね。……お、お肉これ、すごいですっ。無限に食べたい味がします……っ」

リュミエは幸せそうにニワトルのうまみを堪能している。

「あはは、気に入ってくれてよかったよ。オレは基本的には塩派だけど、でも久々に食べるとタレもうまく感じるな」

「塩もおいしいですっ。奥深い味、っていうんですすよね、こういうの」

「そうそう。リュミエもいろんなおいしさを覚えてきたな。えらいぞ」

「えへへ」

こうしてオレとリュミエは、死の森の一角で、二人で焼き鳥とスープを堪能したのだった。


「――よし、そろそろ帰るか。食器はそこの川で軽く洗ってから持って帰ろう」

「あっ、私洗いますっ」

「ん、お願いするよ。川に落ちないように気をつけろよ」

「はいっ」

リュミエに食器を任せ、オレはテーブルやら余った食材やらの片づけをしていた。

すべてをスキル【絶対防御】内で行なっているため、匂いは漏れていないはずだが、念のために【浄化】も使って完全に消臭する。

――この世界じゃ、料理の存在自体が一大事だからな。

そう考えて入念に周囲をチェックしていると、何やら人の声が聞こえ始めた。

「――もしこれが大量に手に入れば、僕たち一生遊んで暮らせますよ」

「うん。私も正体を突き止めたい。手触りからして、きっと毒のない植物の樹液」

そこにいたのは、なんとアレスタとアクエルだった。

二人は何かを手に持ち、それについて議論している様子だ。

――いったい何話してんだ？

ベルンたちの財産を持ち逃げしておいて、まだこんなところにいたのか。

そう思って【探知】で探ってみたところ。

――す、スルメじゃねえかああああああああ！！！

なんであいつらがスルメを持ってるんだ⁉

オレ以外にも作れるヤツがいるってことか？

というか毒のない植物の樹液って何の話だ？？？

――いや、そんなことより、まずい。

今リュミエが戻ってきたら、声を出したら、気づかれてしまうかもしれない。

あいつらは今、指名手配中の犯罪者だ。

身を守るためなら何をするか分かったもんじゃない。

オレは盗聴を切り上げ、急いでリュミエのもとへ向かう。

「そ、ソータ様？　いったいどうしたんです、そんな慌てて」

「しっ！　声を出すな。近くにアレスタとアクエルがいる。このまま転移で帰るぞ」

「⁉」

リュミエは驚いた様子でこくこくと頷《うなず》き、慌てて食器をまとめる。

こうしてオレたちは、アレスタたちに気づかれる前に、どうにかその場を去ることに成功した。

帰宅後、オレはリュミエを部屋に送り届け、ミステリアのもとへと急ぐ。

ギルドの執務室にいたミステリアは、オレの慌てっぷりから何かあったと察したのか、人払いをしてくれた。

「はあ⁉」

「ああ。死の森で、二人で何かを話してた。あと……なぜかスルメを持ってた」

「なっ⁉　アレスタたちを見ただと⁉」

オレはあの場で見たこと、聞いたことをできる限り詳細にミステリアへ説明する。

「……それはあれだな。恐らくスルメの正体を突き止められず、感触から樹液が固まったものだと思ったのだろうな」

「なるほど⁉　でも二人はなんでスルメを……」

「……これは私の推測でしかないが。あの巨大スライムに襲われた日、ソータはちゃんとすべてのスルメを回収したのか？」

ミステリアのじっとりとした視線が突き刺さる。

――え、ええと？

つまりあれは、巨大スライムをスルメ化したとき回収し損ねたものってことか？

それをアレスタたちがたまたま発見して、怪しんでいると？

「…………ど、どうしよう？」

「どうしようじゃない！　まったく君は次から次へと！　そもそもなぜ二人を捕らえなかったんだ」

「はあ⁉　二人は警察でも捕まえられない実力者なんだろ？　リュミエにも危険が及ぶかもしれな

い中で、オレにどうこうできるわけないだろうがっ」

スライム相手でも必死だったのに！

「おま……本気で言ってるのか⁉　ラスボスのくせにそんな弱気でどうする！　スライムを全滅させたときのスキルを使えば一瞬だろう⁉」

「あんなん人に使ったら死ぬだろうが！　オレは動物とすら戦ったことがない、争いごとは避けて生きてきた人間なんだよ！　そんな簡単に人殺しなんかできるかっ」

「…………はぁぁぁぁ。こんなヘタレがラスボス？　あ、頭が痛い……」

ミステリアは大きなため息をついて頭を抱える。

──まあ、こいつの気持ちも分からないでもない。

平和な日本で暮らしてきたオレの気持ちも少しは考えてくれ！！！

分からないでもないが。

「──とにかく、本当に二人を死の森で見たんだな？　間違いはないな？」

ミステリアが、死の森での出来事について改めて確認してくる。

どうやら、オレにあの二人の捕縛を任せるのは諦《あきら》めたらしい。

「ああ、間違いない。声も聞こえたし、スキル【探知】で見たから確実だよ。スルメも、あれは絶対にスルメだった」

「……分かった。捕まえたら尋問して、これまでの悪事をすべて暴いてやる」

「じ、尋問……」

「尋問はティアに任せておけば問題ない。あの子は、スイッチが入ると超絶ドSになるからな」

ミステリアはそう、ぶるっと身震いをして視線を逸《そ》らす。

受付の女性であるはずのティアが尋問とはいったい……。

あんな温和そうな顔してるのに人は見かけによらないな！

「……ソータ、一つ頼みがある」

「うん？」

「アレスタとアクエルは、正直かなり手強《てごわ》い相手だ。二人とも、魔法の腕は国家魔導士に匹敵する。そのうえアレスタは頭が切れるし機転もきく。普通に戦ったのでは、たとえ私でも勝てない可能性がある」

ま、まじか。ラスボス倒したのに……？

「だからダンジョンに閉じ込めて弱らせたい。MPとSPがなくなって、アイテムも切れたところで捕縛する。《囚人の首輪》をつければ、回復もできないからな」

どうやら、囚人のMPとSPを回復させないためのアイテムがあるらしい。

「……分かった。協力するよ。今やあのダンジョンはオレの思うままだし、二人の能力次第ではあるけど、そう簡単には抜け出せないはず」

「助かるよ。恩に着るぞ」

オレもアレスタとアクエルには思うところがあるし。

これくらいはさせてもらっても罰はあたらないだろう。

今ダンジョンにいるモンスターは、あくまで【冒険者を殺すことなく適当に相手してくれるモンスター】だ。二人を殺してしまうこともないはず。

「ベルンとアルマにも話していいよな？」

「うむ。直接の被害者なんだ、むしろ話しておいた方がいいだろうな」

「な、なんつーか下衆《げす》……いやでもそれくらいはな。あいつら全財産持ち逃げしたんだしな！」

「そ、そうね。それに多分、あの巨大スライムの暴走は――」

二人は顔を見合わせ、それから深く頷き承諾してくれた。

「で、具体的にはどうすんだ？　あいつらが二人でラストダンジョンに潜るとは到底思えないが」

「そこはまあ、オレとリュミエに任せてくれ。成功するかは分からないけど、やるだけのことはやってみるよ」

◇◇◇

「――メカニー、頼む」

『承知しました』

死の森へと転移したオレとリュミエは、メカニーのスキル【情報収集】でアレスタたちを探すことにした。

本来なら長居できる場所ではないが、二人はベルンたちから奪った、ドラゴンの牙《きば》を加工した特殊結界アイテム《不可侵の牙》を所有している。

いくら死の森に生息するモンスターといえど、上位ドラゴンの牙で作られた《不可侵の牙》の結界を破れるモンスターなどそういない。

——それに今、二人には居場所がないからな。

街へ行けば当然捕まるし、そうでなくても、ミステリアの依頼で多くの冒険者や警察が二人の行方を追っている。

人が寄りつかない死の森は、そんな彼らにとっては安全地帯ともいえるはずだ。

——いた！

アレスタとアクエルは、崖下《がけした》にできた小さな洞穴のような場所に《不可侵の牙》を張り、そこで生活しているようだった。

「あ、あの、本当に大丈夫でしょうか……」

アレスタたちを目にしたリュミエは、急に弱気になってそううつむく。

はぐれないようにとオレの服の裾《すそ》を握っていた手が、小さく震えていた。

——まあ、リュミエはアレスタの元奴隷だしな。

怖がるのも無理はない、か。

「大丈夫、万が一向こうが接触してきても、オレが必ず守るよ」

「は、はい……」

「じ、じゃあいくぞ……」

オレはアレスタとアクエルに気づいていないふりをして、少し遠くから、敢《あ》えて二人に聞こえるようにリュミエに話しかける。

「そういえば、たまに死の森に茶色い塊が転がってるだろ？　あれ、解毒作用を持つすごい植物の樹液らしいぞ？」

「へ、へえー？　そ、そうなんですねー？」

リュミエがだいぶ挙動不審なのが気になるが、まあ向こうはリュミエの反応なんて大して見ていないだろう。

こっそりスキル【探知】で探ると、二人がめちゃくちゃ食いついているのが分かる。よし！

「とある冒険者から聞いた噂《うわさ》なんだけどさ、ラストダンジョンのどこかに、その樹液を生み出す植物が生える層があるらしい。死の森に転がってるのは、それをモンスターが運んできたものなんだってさ。しかもあれ食べられるうえ、めちゃくちゃうまいらしい。今度見つけたら拾おうな」

「す、すごいですねー。食べてみたいですー！」

『蒼太《そうた》様、アレスタとアクエルが興味津々です』

（よしいいぞ！　ありがとなメカニー）

オレのスキル【探知】では、物理的な状態は把握できるが内面までは分からない。

そこを補ってくれるメカニーの【情報収集】は、二人の動向を探るうえでとても役に立った。

そして再びこちらの会話を傾聴し始めた。

「でもその木の存在が知れ渡ったら、世界が大きく変わるよなー。その木を手に入れられたら、大金持ち間違いなしだろうし。まあ今のオレじゃ、ラストダンジョンに潜るなんて怖いことともできないけど！」

「そうですねー。でも、早くしないと誰かが手に入れちゃうかもしれませんねー」

「とりあえずクエストも達成したし、いったん帰ってベルンたちに相談してみるか」

「は、はい。賛成ですー！」

オレとリュミエは、それだけ話してラスタへ続く道へと向かった——ように見せかけて、遠くから二人の動きを探ることにした。

万が一に備えて、オレもリュミエも《認識阻害ローブ》をかぶっておく。

「——アクエル、ラストダンジョンに潜りましょう。時間がありません」

「で、でも、私たち二人で行けるの……？」

「行けるの、じゃなくて行くんです。こんなお金になる話、ほかの人に先を越されたらどうするんですか？　これを使って王族に取り入れば、爵位も夢ではないですよ」

「し、爵位……!?　貴族様になれるってこと!?」

「そういうことです」

罠《わな》とも知らず、二人は貴族になった自分を妄想して早くも有頂天になっている（メカニー談）。

「分かった。貴族は魅力的」

「……でもさすがに、装備や薬の類は揃《そろ》えたいですね。どこかのはぐれ者にお金を渡して、買ってきてもらいましょう。資金はいくらでもありますから」

「うん。ベルンたち、今ごろどうしてるかな？」

「さあ？　生き残って奴隷落ちしていたら、買ってやらないこともないですけどね。はは」

アレスタとアクエルは笑い、頷き合って、《不可侵の牙》を片づけて森の中へと消えていった。

◇◇◇

アレスタとアクエルの行動開始を見届けた帰り道。

『蒼太様、奥に「カメリアシネンシス」と「アラビカコーヒーノキ」に似た植物がございます』

「――――うんっ⁉」

ダンジョンへ続く道を歩いていると、突然メカニーが声を上げた。

声、というか、脳内に響く音声だけど。

「……あ、ああ、お茶とコーヒーを作りたいって話したの、覚えてくれてたのか」

『私は蒼太様用のナビゲーションシステムですから。えへん』

最初はぽんこつ感がすごかったメカニーも、少しずつ人に、そしてオレに優しい仕様になってきた気がする。

たまに、「人を襲えば万事解決☆」なんて言って困らせてくるけど。

でもどうやら、ちゃんと学習機能が働いているらしかった。

オレとリュミエはメカニーの案内で、ラストダンジョンをすぎた先にある、海へ続く奥地に足を踏み入れた。

『蒼太様、こちらが「アラビカコーヒーノキ（仮）」、その奥にあるのが「カメリアシネンシス（仮）」です』

「な、なるほど。たしかに赤い実がなってるな……」

なんかやたらデカいけど！

アラビカコーヒーノキ（仮）の実は、オレが知っている可愛《かわい》い小さな実をつける植物ではなく、ラグビーボール級の実をヤシの木のように実らせる植物だった。

しかし木の高さは二メートルほどしかなく、手を伸ばせばオレでもどうにか収穫できる。

——いや、できるか？

「この実、けっこうしっかり固定されてんな……」

『それだけのサイズと重さがありますので』

「まあそうか。じゃないと落ちちゃうもんな」

オレは《龍の短剣》を木と実の間に突き刺し、ようやく木の実をもぎ取って、赤い果肉にナイフを入れる。

中には、白く美しいコーヒー豆——の巨大版が二つ入っていた。

サイズこそおかしいが、見た目は完全にコーヒー豆だ。

「これでコーヒーが作れるのかな……とりあえず十個ほど持って帰ってみるか」

先ほどと同じ要領で木の実を収穫し、アイテムボックスに突っ込んで、今度は「カメリアシネンシス（仮）」の方へ向かう。

そこには、盾のごとく大きな葉を茂らせた植物があった。

が、瑞々《みずみず》しさを感じさせる美しい葉は、紛れもなく茶葉のものだ。

『これらの植物は人から逃げる習性があり、まだこの世界では認知されていない植物です。名前をつけますか？』

「人から逃げる⁉　え、でもオレは――」

あー、うん。人じゃなかったですね。ラスボスでした、はい。

「そうだな……呼びやすい方がいいし、じゃあコーヒーの木とお茶の木で」

『かしこまりました。【コーヒーの木】と【お茶の木】で登録します』

お茶の木は実が見当たらないし、育てることを考えたらこのまま持ち帰った方がいいだろうな。

あんまり持ち帰りすぎて絶滅したら嫌だし、三本ほどにしておこう。

こうしてオレは、コーヒー豆とお茶の葉（木）を手に入れ、なんと帰り道には追加でビールの原料ホピも発見した。やったぜ☆

◇◇◇

「――うん、これはうまい！」

「ほろ苦さに癒されます……」

死の森で入手したコーヒー豆とお茶の木から、スキル【料理】でコーヒーの粉と茶葉を生成。

オレたちの飲み物が、水からお茶とコーヒーに進化した。

これまでにも酒やジャムを使ったドリンクはあったが、甘くない、アルコールの入っていない味付きの飲み物はこの世界に来てから初めてだ。

「画期的な飲み物だな。これなら仕事中もティアに叱られずにおいしく飲めるぞ」

「これで飲酒の監視から解放されるんですね！」

「コーヒーってやつを知ってしまうと、水には戻れねえな」

「本当、染み渡るわ〜。私は緑茶が好き。なんかほっとする味よね」

ミステリアとティア、ベルン、アルマも、完全にお茶とコーヒーの虜《とりこ》だ。

ちなみにオレとミステリア、ベルンはコーヒー派、リュミエとアルマ、ティアは緑茶派と、好みが分かれた。オレはどっちも好きだけど。

「そういや、アレスタとアクエルはあれからどうなったんだ？」

「あのあとも変わらず、《不可侵の牙》を使って洞窟《どうくつ》に身を潜めてるよ。でもそろそろ装備が整うんじゃないかな。なんかコソコソ集めてるっぽいし」

アレスタとアクエルには、あまり良くない仲間がいるようだった。

二人はその仲間――というか手下に、ラスタやボルドへ買い出しに行かせている。

先日こっそり近づいて盗み見たメモからして、そろそろ出発する頃合いだろう。

彼らは、オレやリュミエが先を越すのではと焦っている。

本当なら、一刻も早くダンジョンへ潜りたいはずだ。

『蒼太様、あの二人がダンジョンへ向かっています』

「――アレスタたちが動き出した。あれは――アイテムバッグか？」

「くそっ、俺らの金で好き勝手買い物しやがってっ」

ベルンは眉《まゆ》をひそめ、ぐっと拳《こぶし》に力を入れる。

アレスタたちが持ち逃げした金やアイテムは、ベルンとアルマが長年かけて、この世界のためにと命がけで戦って手に入れたものだ。

「持ち逃げもだが……これは言うべきか悩んだのだが、しかし今後のこともあるし話しておこう。君たちがスライムに襲われた場所を調査させた結果、そこにアレスタたちが上級魔法を使った痕跡《こんせき》があったらしい」

「はあ？　いったいどういう――――ま、まさか」

「そうだ。あの二人は、持ち逃げの証拠隠滅のため、巨大スライムで君たちを殺そうとしたのだ」

「…………」

ベルンは基本的に脳筋タイプで、良くも悪くも単純でまっすぐな性格だ。

元仲間にそんな手口で殺されかけていたなんて、思いもしなかったのだろう。

もしかしたら、まだ心のどこかで彼らに何らかの期待をしていたのかもしれない。

「……やっぱりそうなのね」

「アルマ、おまえ気づいてたのか⁉」

「薄々ね。だっておかしいじゃない。あのスライム、あれだけ数がいたのに完全に統率が取れてた。完全に私たちを殺そうとしてたわ」

「………そうか。あいつらにとって、俺らはその程度だったってわけか」

ベルンはうつむき、いつになく暗い声でそれだけ返すと、黙り込んでしまった。

以前聞いた話だと、アレスタたちを仲間に迎えたのはベルンらしい。

彼らの本質を見抜けなかったことに、責任を感じているのかもしれない。

「……二人がダンジョンに入ったぞ。入り口も塞《ふさ》いだし、これから彼らにはきっちり罰を受けてもらわないとな。……そうだ、みんな腹減ってないか？」

「そ、そうね！　何か食べましょう！」

「う、うむ、腹ごしらえも大事な準備だからな」

アルマとミステリアは、オレの言葉の意図を察してかすんなり同意してくれた。

——よし、何か元気が出そうなものを作ろう。


最近たまり場と化しているミステリアの執務室から自室へ戻り、アイテムボックスからニワトルの肉を取り出す。

「今日は何を作るんですか？」

「今日は、チキン南蛮を作る！」

「ち、チキンナンバン……？」

ともに自室へ戻ったリュミエは、期待と「？」の入り混じる顔でニワトルを見つめている。

チキン南蛮は、前世でいう宮崎県発祥の鶏肉《とりにく》料理。

小麦粉と卵をつけて揚げた鶏肉と甘酢ダレ、それからタルタルソースの絶妙なバランスが人気となり、オレが社会人になるころには、すでに東京でも普通に提供されていた。

たしか、何かテレビ番組で一気に話題になったんだっけか……。

「——まずはタルタルソースから作ろう」

「タルタルソース……」

「あ、そういやマヨネーズを作ってなかったな」

「ま、マヨ……」

聞きなれない単語の連続にリュミエがまったくついてこれていないが、できてからのお楽しみ、ということにしておこう。

まずは鍋《なべ》に水とニワトルの卵を入れ、火にかけてゆで卵を作っていく。

その間にボウルに卵黄、塩、酢、米油を入れ、スキル【料理】でマヨネーズを完成させる。

酢、作っておいてよかった！

――今回はみんなで食べやすいように、ひと口大に切った肉を使おう。

切った肉に塩コショウと小麦粉をまぶし、そこに溶き卵をつけて油で揚げる。

肉を揚げている間に、ボウルに醤油《しょうゆ》、酢、砂糖を入れて混ぜておく。

「ゆで卵、そろそろかな……。リュミエ、卵の殻をむいてくれるか？」

「はいっ！」

茹《ゆ》であがった卵を流水で一気に冷やしていく。

卵の殻むきは既に何度かお願いしているため、リュミエも今やお手の物だ。

卵はリュミエにお任せして、オレは肉を揚げてはタレの入ったボウルに入れるという行為を繰り返していく。

熱いうちに入れることで、タレとの絡みや馴染《なじ》みもよくなるのだ。

「――おっと、玉ねぎを切るの忘れてた」

「ソータ様、卵の殻がむけました！」

「ありがとな。こっちのボウルに入れてくれ」

タレとは別の新しいボウルに、卵、みじん切りにした玉ねぎ、先ほど作ったマヨネーズ、酢、塩コショウ、砂糖を入れて、再びリュミエに渡す。

「フォークで、卵がこの玉ねぎくらいになるように潰《つぶ》しながら混ぜられるか？」

「が、頑張りますっ！」

リュミエは、卵が滑ってボウルから飛び出ないよう慎重に、フォークで卵を押しつぶしていく。

肉がすべて揚げあがり、タレと馴染んだら、あとはタルタルソースをかけるだけだ。

「——肉だけってのもあれだし、トマトとレタス——はないから、キャベツと青じその千切りでも添えるか。レタス作っておけばよかったな。今度探しに行こう。この世界にあるかは知らんけど」

千切りキャベツだけでもいいが、個人的には青じそを混ぜ込む方が飽きずに完食できて好きだ。

ちなみに最初は固いほうれん草のようだったキャベツも、スキル【園芸】の効果なのか、今ではすっかり見知ったキャベツとなっている。

キャベツと青じその千切り、トマト、肉を皿に盛り、たっぷりのタルタルソースをかけて……。

「よし、リュミエ、みんなを呼んできてくれ」

「はいっ！」

パタパタと走り去るリュミエを横目に、テーブルのセッティングに取り掛かる。

オレとリュミエ、ミステリア、ティア、ベルン、アルマと合計六名。

大きめのテーブルを買っておいて本当によかった！

◇◇◇

時は少し遡《さかのぼ》り、ラストダンジョンの入り口付近――。

「……今のところ、情報が漏れている気配はないですね」

「大丈夫。下僕たちの記憶は抹消したし、こんな奥地まで来られる冒険者なんて滅多にいない」

「ソータたちもまだ動いていないようですし、これは勝ちましたね。……でも、油断は禁物です。心して挑みますよ」

アレスタはアクエルにそう念を押し、ダンジョン内へと足を踏み入れる。

このラストダンジョンに入るのは、アルマが大怪我《おおけが》を負ったあのとき以来だ。

ここは、どんなイレギュラーな事態が起こってもおかしくない場所。

二人は一歩一歩慎重に歩みを進めていった。――が、そこで。

「⁉　アレスタ、入り口が――」

「？　入り口がどうかし――あれは……結界？」

二人が五メートルほど進んだところで、何もなかった入り口に透明の膜が波打ち始めた。結界だ。

アレスタは入り口まで戻り、結界に手をかざす。

「……だめです。解析方法が分かりません。閉じ込められました」

「え――」

続けてアクエルも解析を試みるが、見たことのない術式で構成されており、まったく解析方法が見えない。

「ど、どうしよう。こんなの聞いてない……」

「僕もアクエルも分からない術式ということは、恐らく人為的なものではないでしょう。ダンジョン変異なら、いずれ勝手に解除されるでしょうが……それがいつになるかは……」

ちなみに「ダンジョン変異」というのは、時折ダンジョン内で起こる、人知を超えた異変のことを指す。

階層ごとの不自然な環境や地形の変化、人的でないトラップの類は、このダンジョン変異によるものだとされている。

これは数秒で解除されることもあれば数百年残り続けるものもあり、いつ何が起こるかはまったく予測できない。

が、どんな変異であれ、ダンジョンのボスを倒せばすべては無に還《かえ》る。

「――最悪、ラスボスに挑むことになるかもしれませんね」

「二人で⁉　無理。そんなの倒せるわけ――」

「ダンジョン内にはほかの冒険者もいるはずです。そいつらをおとりにして切り抜けましょう。とりあえず、転移魔法陣を置いて先に進みますよ」

アレスタは、入り口に転移魔法陣を展開し、再びダンジョンの奥へと進み始める。

転移魔法陣は、設置した場所に飛ぶことができる魔法版【転移】のようなもの。

事前に設置した場所にしか飛ぶことはできないが、それでもスキルのない一般冒険者にとっては非常に重宝する上位魔法の一つだ。

「ま、待って――！」

アクエルも、慌ててアレスタのあとに続く。

ラストダンジョンは洞窟型のダンジョンで、地下三十二階層まである。

アレスタとアクエルは、これまでにも何度かラストダンジョンへ潜っているが。

しかし最高でも八階層までしか到達できていない。

そのときは、当時所属していたパーティーのリーダーが「これ以上は危険だ」と判断し、引き返すことになったのだ。

「……にしても、一階とはいえモンスターが一体も出てきませんね」

「た、たしかに。以前はもう少しいた」

「まあモンスターがいないのは、こちらとしてはありがたいことですけど」

奥へ進むと、地下一階層へと続く階段がある。

一階は入り口に直結しているため、時折はぐれたモンスターが現れるくらいだが。

ここから先は、モンスターたちの巣窟《そうくつ》でもある。

「アクエル、身体強化魔法を」

「わ、分かった」

アクエルは自分とアレスタに身体強化魔法を付与し、地下へと続く階段を見据える。

「――では、いきますよ」

◇◇◇

「ソータ、入るぞ。――うお、めちゃくちゃうまそうな匂いだな」

「おじゃまします」

数分後、リュミエがベルン、アルマ、ミステリア、ティアを連れてオレの部屋へとやってきた。

「今用意してるから、席についててくれ。今日のごはんはチキン南蛮だよ」

「私もお手伝いしますっ」

オレがお茶やコーヒーの準備をしていると、リュミエが食器をテーブルへと運んでくれた。

みんなそれなりにここで食事はしているが、この世界でチキン南蛮を作るのは初めてだ。

当然、リュミエも食べたことがない。

一同、大皿に盛られたチキン南蛮を興味深げに見つめている。

「はいこれ、飲み物。ごはんもおかわりできるから、好きなだけ食べてくれ。――それじゃあ、いただきます」

「いただきます」

それぞれ、大皿から自分の小皿へチキン南蛮を移し、そして頬張った。

「――な、何だこれ!? うまい。うまく説明できねえけど、とにかくうまい!」

「本当、ニワトルもおいしいし、この上にかかってる卵のソースもたまらないわ」

「ソータの料理はいつもうまいが、これは格別だな。くっ……私も毎日これが食べられる生活を送りたい……っ」

「ふふ、思わず笑っちゃうおいしさですね〜」

ひと口食べた瞬間から、みんなの表情から驚きと喜びが伝わってきた。

リュミエも幸せそうにチキン南蛮を頬張っている。

人が多いとあまり喋《しゃべ》らないのは相変わらずだが、最近は表情もすっかり豊かになって、その成長がまたたまらなく嬉《うれ》しいし愛《いと》しい。

——うん、相変わらずうまいな。

鶏の強いうまみに醤油と甘酢で作ったタレの組み合わせ、考えたヤツ天才だろ。

小麦粉と卵をまとわせた鶏唐揚げのガツンとくるボリューム、満足度は上がってるのに、酢の効果でサッパリ感もあってどんどん食べたくなる。

そこに卵とマヨネーズのまろやかさ、玉ねぎのシャキシャキとした食感を感じられるタルタルソース！　もう最高しかない。

「ソータ、アレスタたちはどうなってる？」

「ああ、さっき地下一階に入っていったよ。もう袋のねずみ状態だし、ここからは体力と所持品が尽きるまでひたすらダンジョン内を迷ってもらって、抵抗できないくらいになったら捕縛かな」

「そうか。……実はこれまでにも、アレスタたちへのクレームというか、そういう相談を受けたことはあったのだ。でも犯罪とまでいえる証拠がなかなか掴《つか》めなくて、私も手が出せずにいた。二人には、これを機にきっちり反省してもらわないとな」

——そうだったのか。

ベルンとアルマの暗殺が企てられた件も、もしあの場で二人が亡くなっていたら、多分「モンスターに襲われた不運な冒険者」として処理されて終わっていた。

ということはもしかしたら、過去にも二人のたくらみによって命を落とした冒険者がいたのかもしれない。

奴隷だって、恐らくたくさん犠牲にしてきたのだろう。

「……俺とアルマはソータのおかげで助かったけど、あんなヤツら野放しにしちゃダメだ。あの二人に勝てる冒険者なんてそういねえ。特にアレスタは、人を操るのにも長《た》けてる。放置すれば必ず被害が出る」

「そうね。今回の作戦、なんとしても成功させてほしいわ」

「心配するな。アレスタとアクエルは、無力化したうえで専門の機関に引き渡す」

「ふふ、二人がどんな顔で何を話すのか、楽しみですね～」

ティアは、いつもとは違うどす黒い笑みを浮かべ、愉悦に浸っている。

――み、ミステリアが言ってたドS説、間違いなさそうだな……。

『蒼太様、せっかくですので、あの二人の様子を皆様でご覧になっては？』

（うん？　え、そんなことどうやって……）

『こんなこともあろうかと、スキル【アイテム生成】でこんなものを作っておきました』

（…………？）

メカニーの言葉のあと、目の前にくるくると巻かれたビニールのような、少し分厚いラップのようなものが現れた。何だこれ？

『この転写シートを壁に貼ると、蒼太様のスキル【探知】によって映像を映すことができます』

（は？　え、すごい！）

『二人の間抜けな姿を存分にお楽しみください』

（お、おう……）

オレは言われたとおり、壁に転写シートを貼ってみた。

すると、アレスタとアクエルがダンジョンを進む姿が映し出される。

「おい見ろよ、アレスタとアクエルだ。つかなんだそのアイテム⁉」

「私も見たことがないな……」

「えっと……なんかオレのスキル【探知】を転写できるシートらしい」

「なるほど、これで二人が苦しむ姿を鑑賞しようってことですね？　ソータさんいい性格してるじゃないですか～。ふふっ」

ティアの含みのある笑いが怖い！

◇◇◇

ラストダンジョン某所。

ダンジョンに潜って数時間後、アレスタとアクエルは、既にかなり疲弊していた。

「――はあっ、はあっ。な、なんなんですかこのダンジョンはっ」

「こ、こんな、の、絶対、おかしいっ。こんな、ダンジョン変異、が、多発するなんてっ、聞いたこと、ないっ」

今はまだ、その中の地下三階層だというのに。

――いや、正確には、三回階段を降りた、ということになるのだろうか。

静まり返っていた一階から地下一階層へと降りて割とすぐ、二人の余裕は崩れ去った。

いたるところにトラップがあり、地面がパズルのように動いては崩れ、湧きあがることを繰り返して、まったく思うように進めないのだ。

崩れた先には下の階層があるはずなのに、どんなに強い光で照らしても暗闇しか見えない。

まるで、この世界ではないどこかと繋《つな》がっているかのように思えた。

おまけに仕掛けられていた転移トラップに飛ばされて、今やどこにいるのかすら分からない。

モンスターも、決して強くはないのに、倒しても倒してもゾンビのごとく再生する。

「いくらラストダンジョンとはいえ、こんなことあります⁉」

「前回潜ったときの記録と、あまりにも違う……」

奥地にある、魔力の濃い区域にあるダンジョンで変異が起こるのは、珍しいことではない。

しかし通常、面影くらいはあるものだ。

「前回ベルンたちと潜ったときは、モンスターは異様な強さでしたが、ダンジョンの構成自体は一般的なものと大差なかったはずですが……」

さらに不気味なのは、この辺りの浅い階層には多くの冒険者が足を踏み入れているはずなのに、その形跡がまったく感じられないということ。

まるでつい最近できたばかりのような、何とも言えない違和感があった。

「……どうしますか？　いったん入り口の転移スポットに戻りますか？　この中を二人で進むのは、あまりにも……」

「……ん。アレスタがそう思うなら、私は従うのみ」

「ではいったん戻って、そこで改めて作戦を練り直しましょう。入り口付近には、不思議なくらいモンスターもいませんでしたから」

アレスタはそう、転移魔法を発動させ、入り口へと繋いだ——はずだったのだが。

「……アレスタ？　戻らないの？」

「て、転移魔法が発動しません……。そんな、僕はたしかに……」

たしかに設置したはずなのに、いくらやっても転移魔法は発動しなかった。

「そ、そんな……。じゃあ私たち、入り口に戻ることすらできないってこと？」

「……どうやらそのようですね。ほかに誰か冒険者がいれば、情報収集もできるんですが……こんなときに限って誰もいないとは」

今も目の前では、地面がまるで水か何かのように渦巻いている。

巻き込まれればタダでは済まないだろう。

おまけに、ゾンビのようなモンスターがあちこちを徘徊《はいかい》している。

今のところ二人の敵ではないが、数が数なだけにＭＰを削られるのは避けられない。

二人は魔法特化型で、武器を使用しての戦いには不慣れだ。

こんな何が起こるか分からない場所で、ＭＰを空っぽにするわけにはいかない。

「アイテム、大量に持ってきてよかったですね」

アレスタとアクエルは、安全度の高そうな岩陰に《不可侵の牙《きば》》を設置し、その結界の中でいったん休息を取ることにした。

結界内でコンフードを食べながら改めて現状を整理するが、考えれば考えるほど絶望的だ。

自分たちが今、何階層にいるのかささえ分からない。

「……こうなると、下を目指してラスボスを倒すしかない気がしますね」

「でも、ラスボスの特性も分からないのに。もし魔法が効かない相手だったら……」

「仮に上に戻ったとして、どうするんです？　入り口は塞《ふさ》がれているし、そもそもたどり着けるかも分からないんですよ？　入り口の転移スポットが作動しないということは、ダンジョンは僕たちを外に出す気がないんです」

——と、そこまで言って。アレスタの中に、ふとある疑念が湧きあがる。

「……これ、本当にダンジョン変異なんでしょうか」

「——え？　どういうこと？」

「考えてもみてください。あまりにも不自然では？　ダンジョン変異はあくまで自然現象で、冒険者を弄《もてあそ》ぶために意思を持って引き起こされるものではありません。なのに今起こっている現象は、確実に僕たちを狙っていますよね？」

「人為的に引き起こされているってこと？　でも、そんなのもう人間じゃない」

◇◇◇

——まあ、ラスボスですしね！

チキン南蛮を食べ終え、オレたちはアレスタとアクエルの行動をゆるゆると監視していた。

万が一突破されそうな場合はそれを阻止する必要があるし、ミステリアとティアは、「今のうちに二人の実力を測りたい」と研究を始めた。

その横では、酔っぱらったベルンとアルマ、監視に飽きたリュミエが熟睡している。

「研究は進んでるか？」

「ああ、思った以上に複雑かつ幅広い魔法を使いこなしているな。これはやはり、私たちだけでは捕らえられなかった。ありがとう、ソータ」

「いやいや、簡単に人の命を奪おうとするヤツら、オレだって野放しにはできないよ」

「二人に関しては、実は以前から伝手《つて》で調査をしていてな。先日、ようやく彼らが貴族と繋がっていて、裏で好き放題していることの証拠が掴めた。国のために働いているからと商品の代金を支払わない、なんてことはザラで、盗賊や奴隷を使役してあくどいこともやっている」

ミステリアはそう、ため息をつく。

「本当に、許せない悪党ですよね～。捕まえたらきっちりお仕置きしなくちゃ。私を怒らせて、タダで済むとは思わないことですね。うふふ♡」

ティアが、微笑《ほほえ》みの中に強い怒りを滲《にじ》ませる。

最近、たまにティアこそがラスボスに相応《ふさわ》しいのでは？　という気にすらなってくる。

◇◇◇

「考えてみれば、僕たちにこの情報を流したのは、あのソータという得体の知れない冒険者です。スキル持ちではあるものの世間知らず丸出しでしたし、無害だと油断していましたが……」

「じ、じゃあソータが私たちを嵌《は》めたの？　でも、どうして」

「あの二人はベルン、アルマと繋がっています。手下に調べさせたところ、最近よく一緒に行動しているとか。二人が僕たちへの復讐《ふくしゅう》を依頼したんだとしたら」

「……でも、あの二人が復讐なんて考える？　頭がお花畑の、慈善事業大好き人間なのに」

「スライムでの暗殺計画に気づいたとすれば、ベルンが『野放しにはできない』とか何とか正義感を振りかざした可能性も考えられます」

「それは……ありそう……。はあ、本当に、さっさと死ねばよかったのに」

二人は考えながらも途方に暮れ、目の前で次々と繰り広げられるダンジョン変異だか何だか分からない変異を見つめる。

ここでじっとしていても仕方がない。

そう分かってはいるが、上に行くか下に行くか、それすらも決められずにいた。

「僕の計算では、ベルンとアルマがあのスライムに勝てるわけがないんです。そして誰かが助けた……ということであれば、その誰かがスライムを倒したことになります。あの、魔法で強化しまくった大量のスライムを。そしてもし、それがソータなら――」

アレスタのこめかみを、冷や汗が伝う。

なぜソータの存在をこんなにも軽視していたのか、と。

思えば、最初に出会ったときはラストダンジョン内に、その次に会ったときは死の森にいた。

あんな何の装備もない状態で。

しかし身につけている衣類がすべて高品質だったことから、恐らく近くに護衛か何かが隠れていて、何らかの事情があってあの場にいるだけだと思っていた。

――でも、もしそうではなく。それが彼自身の実力ゆえのことだったら。

「……もしかしたら、僕たちは今、ソータの手の平の上で転がされているのかもしれません」

そもそもベルンとアルマだって、魔法の扱いこそ下手ではあるが、その分武器を使用しての戦闘能力はギルド随一で。そんな彼らに魔法やスキルに秀でた誰かがついた時点で……。

しかし、今さらそれに気づいたところでどうしようもない。でも。

「ソータが仕組んだものであれば、相手は所詮《しょせん》人間です。何らかの打開策はあるはずです」

二人はダンジョン内で起こっている謎の現象を、一つ一つ確認し始めた。

さまざまな属性の魔法を放ってみたり、二人がかりで解析を試みたり、【スキルストーン】を用いてみたり、あらゆる手段を試した。しかし。

「――だ、ダメです。いったい何なんですかこの力は。まさか【スキルストーン】すら通用しないなんて、そんなの聞いたこと……」

「やっぱり、ダンジョン変異なんじゃない？　だって【スキルストーン】で対抗できない力なんて、ほかに聞いたことない」

何をどう試しても、二人の努力は何事もなかったかのように飲み込まれてしまう。

手ごたえすらない。

「……このまま力とアイテムを消費し続けるのは危険です。いったん止《や》めて、別の階層に行ってみましょう。さすがに全階層にトラップを仕掛けるなんて、人間には不可能ですから」

「分かった。なら、下に行こう。下に進めば、このトラップ地獄からは抜けられるかも」

「僕も同意見です。あの茶色い塊を生み出す植物も、まだ見つけられてませんしね」

――いや、そもそもそんな植物が実在するのかも怪しい、のか？

でも今は、それを希望に進むしかない。

事実、毒のないこの謎の物体は存在している。ならばそれ自体はきっと――。

アレスタとアクエルは《不可侵の牙》を片づけ、下の階層へと向かう決意を固める。

その先には、ソータが仕掛けたトラップに加え、女神が怠けるために施した努力の結晶、本物のダンジョン変異が多数待ち受けているとも知らずに――。

第十章　勝利の祝いはラスボスエリアで

アレスタとアクエルは、慎重に、下の階層へと向かった。

トラップは動く地面のような設置型のもの、何らかの条件で発動する仕掛け型のものが多く、注意を払っていれば、突如命を奪われるようなことはない。

時折、ふいに体が怠《だる》くなるだけの微妙な毒ガスが噴射され、二人を苦しめたが。

「――水位は大したことないですが、この疲労の中この冷たさはなかなか応《こた》えますね」

「道が無意味に入り組んでるのも腹が立つ」

二人が今いる場所は、水路のような道が続く階層。

水路を仕切っている壁は天井まで続いていて、歩ける場所は水の中しかない。

水位自体は二十センチほどだが、迷路のように入り組み、うねっていて、壁のあちこちに開いた穴が各水路を繋《つな》げていた。

正確には、水位は二十センチほどだった。先ほどまでは。

「ね、ねえアレスタ、なんか水位が上がってきてる」

「ぐ……しかも流れが……お、押し戻され――」

水位はあっという間に上がり、二人は水流で階層の入り口付近まで流されてしまった。

上の階層へと続く階段付近の、唯一水から出ているエリアにたどり着くと。

「み、水が引いていく……？」

水は、まるで二人を押し戻すのが目的だったかのように引き、元通りになった。

二度目も三度目も、同じ場所で水位が上がってその先に進めない。

「――これは何らかの仕掛けが発動してる、ということでしょうね」

全身びしょぬれになった二人は、寒さに凍えながら水路の先を見つめる。

「道が決まってる、とか。さっき水位が上がる少し前、壁に抜け穴があった」

「……なるほど？　どこまでも僕たちを弄んでくれますね、このダンジョンは」

アレスタは顔を引きつらせ、苛立《いらだ》ちを顕《あら》わにする。

「ですが、やってみる価値はありそうですね」

二人はその後、流されながら何度も道を変え、ようやく水路の端へとたどり着いた。

「あ、アレスタ、休憩。もう動けない」

「僕もです。休憩しましょう……」

常識の範囲で考えれば、恐らくまだ地下十階層にも到達していない。

最下層にたどり着くまでいったいどれだけ時間がかかるのだろう。

アイテムや食料は持つだろうか……。

アレスタは途方に暮れ、ラストダンジョンに挑んだことを深く後悔していた。

それと同時に、ダンジョンを抜けた暁には、ソータを絶対に許さない、と心に誓う。

――まあ、このトラップにソータが絡んでいるか否かは不明ですが。

でもそもそも、死の森であいつが余計な情報を口走らなければ、僕たちは……。

◇◇◇

『――というようなことを考えているようです』

「お、おう」

映し出された映像を見ながら、オレはメカニーのスキル【情報収集】による実況と解説を聞かされていた。

最初は少しやりすぎたかもと思ったが、そんな甘い考えは捨てた方がよさそうだ。

リュミエがこんなヤツらに使役されていたなんて、その扱いを考えただけでゾッとする。

「……もしあの場にリュミエがいたら、二人は当然のようにリュミエで実験するんだろうな。リュミエが死ぬまで。何度でも」

……いや、余計なことを考えるのはやめよう。はらわたが煮えくり返りそうだ。

「……ソータはさっきから何を一人でぶつぶつ言っているのだ？　気持ち悪いぞ」

「映像が面白いのは分かりますけどね～。でも独り言はちょっと……」

こ、声に出てただと⁉

気がつくと、研究に熱中していたはずの二人にじっとりとした視線を向けられていた。

「い、いや……これはだな」

「それよりソータ、せっかくだし、被害に遭ったほかの連中もここに呼ぶのはどうだろう」

せめて弁解させて⁉

「え、でもそしたらオレがラスボスだってバレるんじゃ……」

「被害者の中に、ラストダンジョンに潜ったことのあるヤツなんていない。だからこちらが作り上げた施設に放り込んだことにすればいい」

「ええ……そんなんで大丈夫か？　ミステリアがそれでいいなら、オレは構わないけど」

「よし、それなら決まりだな」

「罠《わな》にはまってもがく様子を大勢に晒《さら》すなんて、素晴らしい羞恥《しゅうち》プレイですね～。きっと皆さんもせいせいすると思います」

「ティアは相変わらず発言がえげつないな……。それより、さすがに眠くなってきた。そろそろ休むとしよう」

「では私もそうします。ソータさん、また明日」

「おう。おやすみ」

ベルンとアルマに布団をかけ、リュミエをベッドに寝かせて、オレも眠りにつくことにした。


そして翌朝。

『蒼太《そうた》様、おはようございます。先ほど、ラスボスエリアの居城が完成いたしました』

「うお、まじか！　ミステリアたちが来る前に、ちょっと確認しに行こう」

オレは寝起きのリュミエを連れて、ラスボスエリアへと向かった。

上の階層ではアレスタたちが彷徨《さまよ》っていると思うと、何とも言えない気持ちだが。

しかし今は、そんなことより居城の確認が最優先だ。

ラスボスエリアの奥、石垣に造られた門を開けると、そこには立派な屋敷が完成していた。

「す、すげえ！　本当に貴族の屋敷みたいだ……」

『蒼太様の脳内イメージを再現しましたので。えへん』

「コ」の字形に造られた屋敷は基本五階建てで、高いところだと六階まである。

さらにその中央には、美しい庭とテラス席まで出来上がっている。

「す、すごいです……本当にお城みたいです……」

「中も見てみていいか？」

『もちろんです。この居城は蒼太様のものです。お好きにご覧になってください』

中に入ると、一階部分は大きな広間になっていた。

ここをレストランに使えば、かなりの客が入りそうだ。

どこをとっても豪華かつ丁寧な造りで、ラスボスの居城としても申し分ない。

むしろオレみたいな元庶民にはもったいないくらいだ。

『一階のキッチンは、レストラン用に広めに造っておきました』

ピカピカの広々としたキッチンには、既に必要な調理器具が揃《そろ》っている。

オレの脳内を覗《のぞ》き見《み》て作った影響か、コンロはもちろん、冷蔵庫や電子レンジ、オーブン、炊飯器など家電の類もある。最高か。

「完璧《かんぺき》だよ。想像してた何倍ものいいできだ。ありがとな」

『お役に立てて何よりです。上の階には蒼太様とリュミエ様の居住スペース、それから客室も完備しています。地下と一階の奥には、使用人用のエリアと倉庫も作っておきました。えへん』

正直、メカニーが造る屋敷だし……とそこまで期待していなかったが。

前世で（ネットで）見た貴族の屋敷に快適さがプラスされた、素晴らしいできだ。

「皆さんをお呼びするのが楽しみですねっ」

「ああ。あとで、収穫した食材を屋敷に移動しておこう」

◇◇◇

「アクエル、起きてください。朝です」

「んう……」

朝とは言っても、アレスタとアクエルがいるのはダンジョンの地下深く。

当然陽《ひ》の光なんてあるわけもなく、アレスタは時計を頼りに動いていた。

「食べたら動きますよ」

「……シャワー浴びたい。お風呂《ふろ》入りたい」

「我儘《わがまま》言わないでください。怒りますよ。なんなら、頭から水でもぶっかけますか？」

「……どうせならお湯にして」

「………………」

アレスタは舌打ちし、アクエルの頭上から熱めのお湯を大量に落とす。

「熱いっ！　というか痛いっ」

「こんな状況で我儘を言った罰です。ふざけてないで先を急ぎますよ」

「あ、アレスタの意地悪……」

アレスタは荷物をまとめ、《不可侵の牙《きば》》を片づけて先へ向かってしまった。

アクエルはびしょぬれの服を慌てて魔法で乾かし、涙目でアレスタについていく。

「この先何があるかも分からないのに、そんなに慌てても意味ないと思う」

「何があるか分からないから急ぐんです。魔力にも回復アイテムにも限りがあるんですよ。尽きたら僕たちはおしまいです。それまでにどうにかしないと……」

次の階層へ降りると、そこは森のごとく木が生い茂っている場所だった。

視界が悪く、モンスターの位置も把握しづらい。

おまけにあちこちに自生しているライスが籾《もみ》を飛ばしてくるため、常時魔法で防御膜を張っておく必要があり、一刻も早く抜けなければ魔力消費量がとんでもないことになる。

「鬱陶《うっとう》しいですね……もういっそすべて焼き払いますか？」

「こんな場所で大規模な炎魔法なんて、熱風でこっちがやられちゃう」

「…………はあ。まあそうですね」

途中、何度も木の枝が引っかかり、二人のローブはボロボロになってしまった。

「アレスタ、ローブが……」

「そんなの、見たら分かりますよ」

「もっとゆっくり歩いて。ダンジョンを抜けるまで、服は買えない」

「――――チッ」

「また舌打ちした！」

先の見えない道のりと追い詰められた状況に、二人とも次第に苛立ちが募っていく。

森のせいで、下の階層へと続く階段がどこにあるのかも分からない。

「――もう嫌だ。やっぱりラストダンジョンに挑むなんて馬鹿なこと、するべきじゃなかった」

「今さら？　アクエルだって賛成したじゃないですか」

「だってアレスタが自信満々に言うからっ」

「は？　だったら一人で上に戻りますか？　僕はべつにかまいませんよ。一人じゃろくに行動できないくせに、文句ばかり言わないでください。不愉快です」

「――っ！　だったら好きにしたらいい。アレスタ一人の魔法じゃ、絶対に突破できない」

アクエルは泣きながらアレスタを睨《にら》みつけ、それから元来た道を戻ろうとしたが。

「――ぶっ。な、何、これ」

アクエルのすぐ後ろに透明の壁が発生し、戻ることはできなかった。

壁に思い切り顔をぶつけたアクエルは、顔をさすりながらしぶしぶアレスタのあとに続く。

「……帰るんじゃなかったんですか？」

「うるさい。後ろに壁があって戻れなかっただけ」

「……壁？　何もありませんが？」

「透明で見えないだけ。さっきぶつかった」

「……なるほど。やはり人為的にしろダンジョン変異にしろ、僕たちをダンジョンに閉じ込める力が働いてますね。何か突破口を見つけないと、これは本格的に――」

――と、そこで。

木の幹の根元に宝箱を発見した。

「これは——」

ダンジョン内に宝箱が転がっているのはよくあることだ。

しかし、宝箱の中にはアイテムや宝が入っていることもあるが、罠である場合も多い。

「——いやでも、先のことを考えるとアイテムは」

アレスタは慎重に宝箱に近寄り、蓋《ふた》を開けることにした。

「こ、これは——茶色い塊⁉」

宝箱に入っていたのは、透明の袋に入れられた茶色い塊だった。

袋には、「おいしいよ（食べて）！」と書かれた紙が貼りつけてある。

「……随分と馬鹿にしてくれますね。でも、これでハッキリしました。このダンジョンのトラップは、誰かが人為的に仕掛けたものです」

アレスタはスルメを抜き取り、入っていた袋を紙ごとぐしゃっと潰《つぶ》して地面に叩《たた》きつけた。

◇◇◇

「——ソータ、宝箱はいったんすべて回収すると言ってなかったか？」

「い、いやあ、はは。まあほらあれだ、サービスだよ」

しまった、見落としてた……。

まあスルメが一つ増えたところでだし、今回のは見なかったことにしよう。うん。

ちなみにアクエルがぶつかった透明な壁は、二人が別で動くと面倒なため急遽《きゅうきょ》設置したものだ。

どうにか思いとどまってくれてよかった！

「にしても、二人ともだいぶイライラしてるな」

「二人からしたら命がけだからな。むしろ正気を保っているだけすごいと思うぞ」

「あいつら自信家だし、どうにかなると思ってんじゃねえか？　にしても、見るのも飽きてきたな。

もう殴り込んで終わらせるってのは……」

「ダメですよ～。ここからが楽しいところなんですから」

「ティア、おまえそんなヤツだったっけ……？」

「うふふ、私はいつだって、清く正しい受付の女性ですよ！」

◇◇◇

アレスタとアクエルがダンジョンに潜って、半月ほどが経《た》った。

ちなみに開始から五日ほどで、オレたちは普段通りの生活に戻っていた。

オレの部屋には、変わらず映像が映し出されてはいるが。

しかし定期的に確認しているのは、今やミステリアとティアくらいのものだ。

ベルンとアルマは農場管理の仕事とクエストをこなしつつ、今は二人のことよりも石垣の奥を気にしている。

「おいソータ、ちょっとぐらいいいじゃねえか」

「まだダメだよ。初のお披露目は、アレスタとアクエルを捕縛した日って決めてるんだ」

「――ぐ。だってあいつらしぶといしよ……」

「精神的にだいぶ参ってるし、食料もアイテムも底をつきかけてる。あと少しだよ」

今や二人ともほとんど口もきかない状態だ。

二人の驚異的な能力を封じるには、魔力やら何やらをすべて使い切ってもらうしかない。

せっかくここまで見守ってきたのだ、頑張って完遂させたい。


一方、オレとリュミエは、完成した居城にレストランとしてのスペースを作り、お皿などの食器や食材を運び込んで着々と準備を進めていた。

ミステリアとティアは、ギルドの仕事をこなしながら引き続き映像を監視・研究しつつ、部下に被害者を集めさせているらしい。

もちろん強制的に招集しているわけではないが、アレスタとアクエルに罪を清算させるチャンスということで、既に十人以上がラスタに集まっているという。

いったいどれだけ恨みを買いながら生きてきたんだあいつら……。

「準備もだいぶ整いましたねっ」

「ああ、そうだな。あとは二人が音を上げるのを待つだけだ」

ちなみに、集められた被害者たちには、スルメや果物を振る舞うことにした。

中には二人のせいで仲間が命を落とした、冒険者稼業を続けられなくなった、という人もいる。

話を聞けば聞くほど、死ぬまで閉じ込めておいた方がいいのでは？　とすら思えてくる。

――まあでも、オレは人を裁く立場にないからな。

役割を果たしたら、あとはミステリアとティアに任せよう。

少なくとも、特にこれといった被害を被ったわけでもない、ただの転生者の出る幕じゃない。

ただ一つ不満があるとすれば、「被害者」の中に奴隷は含まれていない、ということだ。

ミステリアの説得を試みたが、法で認められている以上無理だと断られた。

「……いつか、ノーアビリティも魔力持ちの人間と同じように扱われる日が来るといいな」

「そう、ですね。でも、そんなこと可能なんでしょうか」

「うーん、どうだろうな。でもきっと、できることはあるんじゃないかな」

「できること、あったら嬉《うれ》しいです」

◇◇◇

「…………」

「…………」

アレスタとアクエルがダンジョンに潜って、一か月近くが経った。

二人は今や会話をする気力もなくなり、ただ無言で歩き続けている。

あんなに魅力的に思えていた解毒作用を持つ木の存在ですら、もはやどうでもよくなっていた。

今はもう、ただただ外に出たい、誰でもいいから助けてほしい。それしか考えられない。

「アレスタ、寒い……おなかすいた……」

「…………」

縋《すが》るアクエルをめんどくさそうに一瞥《いちべつ》し、アレスタは前へと進み続けた。

でももう、アレスタには分かっていた。

自分たちは助からない、負けたのだ、と。

こんな状態でラスボスエリアにたどり着いたところで、勝てるわけがない。

でもラスボスを倒さなければ、ここから出られない。上へも戻れない。

状況は完全に詰んでいた。

「……アクエル、次の階層まで進んでそこで終わりましょう。ここは寒すぎます。まあ、次の階層がどんなところか分かりませんが」

今二人がいる場所は、辺り一面が氷と雪に覆われた極寒の世界だ。

魔法を使って身を守らなければ、恐らく数分で死に至る。

しかし今、その身を守るための魔力すら危うくなっていた。

「アレスタ、それって――」

「………僕たちは何をしていたんでしょうね。自分の実力を過信していました」

「……うん。私も」

「それにしても、こんなことをする力があるなら、僕たち二人くらい一瞬で殺せるでしょうに。ソータも案外鬼畜ですね。……まあ、散々人を利用して見捨ててきた僕が言うのもですけど」

「あの男、本当に何者なの？　本当に人間？」

「はは、さあどうでしょうね。まあ、今の僕たちが知ったところで、ですよ」

疲労と寒さ、飢えで曖昧《あいまい》になりつつある意識の中で、二人はこれまでのことを振り返っていた。

終わりを求めて進む二人の前に、ようやく下へと続く階段が現れる。

◇◇◇

「――そろそろ、だろうな」

「ですね～。まあこんなもんでしょう」

『二人とも、MPとSPの残量がゼロになりました。アイテムもありません』

「二人の魔力とアイテムが尽きたみたいだ」

「よしソータ、あの場所に案内してくれ。集まった被害者たちも連れて行く」

「私、呼んできますね！」

ティアはそう、勢いよく部屋を出ていった。

「……二人とも、反省はしてんのか？　これからあいつらどうなるんだ？」

「反省は微妙なところだな。このあとはまあ、法によって裁かれるんじゃないか？」

あとはティアの尋問？

「そうか……」

「ベルン、だめよ。あの二人は罪を犯した犯罪者なの。ちゃんと裁きを受けないと」

「ああ、分かってるよ。ただ、俺にできることはなかったんだろうかって思ってな」

ベルンは、ずっと一緒にいた仲間が罪を重ねていた事実を、未《いま》だ受け止めきれずにいた。

どこまでもお人好《ひとよ》しなベルンには、どうにもならない現実が辛《つら》いのだろう。

元とはいえ、一緒に旅をしていた仲間だったわけだしな。

「ベルン、生きていればいろんなことがある。私はベルンのこと、大好きだぞ」

「え、お、おう……」

ミステリアは、ベルンに優しい視線を向けながらそう諭す。

――ミステリア、なんか「いいこと言った！」みたいな顔してるけど。

どう考えても言葉のチョイスを間違ってるぞ！

まだ幼い少女に「生きていれば」と諭されて、ベルンも困惑気味だ。

こういうとこ本当抜けてるよな、ミステリア……。


ティアが被害者たちを連れてくるのを待って、スキル【転移】でダンジョンへ移動した。

被害者の中には、なんとボルドで出会った家具職人もいた。

どうやら、ことあるごとに不当な価格で家具を提供させられていたらしい。

ボルドにはほかにも被害者がいて、ある家具職人は仕事が立ち行かなくなり、そのまま行方知れずになってしまったそうだ。

文句を言うと貴族の名前を出して脅してくるため、これまでどうすることもできなかった、と話してくれた。

二人のもとに行くと、アレスタとアクエルは衰弱しきっていた。

肉体の疲労ももちろんだが、精神的にも相当参っている様子だ。

アレスタもアクエルも、オレやミステリア、ベルン、アルマの姿を見て、逃げ出すどころか抱きしめ合って安堵《あんど》の涙を流した。

だが、これで被害に遭った人々の気持ちが収まる――なんてことは当然なく。

一発殴らせろ、このままここで処刑しろ、と思い思いに怒りをぶつけ始める。

中には、今にも殴り掛かりそうな人もいた。

ギルド所属の警備員たちのガードがなければ、今ごろ二人は殴り殺されていただろう。

ベルンとアルマは、そんな被害者と元仲間の様子を、ただただ無言で見つめていた。

「はーい、ダメですよ皆さん。手を出したら、あなた方も犯罪者になっちゃいますからね～」

いつも笑顔で受付をしているティアの、いつもとは違う圧のこもった笑顔。

その底知れぬ恐怖に、その場に響いていた怒声も一気に静まり返る。

そしてその場が落ち着いたころ、ミステリアは二人の前に立ち、言った。

「――アレスタ、アクエル、君たち二人を、窃盗および殺人未遂、その他多数の罪で逮捕する」

「――は、はは。最期に地上に戻れるのなら、もう何でもいいです」

「……ん、私も。見つけてくれてありがとう」

二人は抵抗することもなく《囚人の首輪》をつけられ、大人しく捕らえられた。

◇◇◇

ラストダンジョンから地上に戻り、アレスタとアクエルは、ミステリアが手配したという専門の機関によって連行されていった。

今は、人払いを済ませたギルド一階に集まっている。

思いを募らせていた被害者の中には、この終わりを噛《か》みしめ泣き出す者もいた。

また、長年被害を被り続けていた人々は、肩を抱き合って喜んだ。

今この瞬間、この辺一帯の人々を食い物にしていた闇の一つが消え去ったのだ。

「みんな聞いてくれ。私は冒険者ギルド《ブレイブ》のギルド長、ミステリア・リストンだ。うちの冒険者が多大な迷惑をかけていた件、対応が遅くなったことも含め本当に申し訳なく思っている。この場を借りて深くお詫《わ》びしたい」

靴を脱いでギルドの受付台の上に立ち、ミステリアはそう声を張り上げた。

「冒険者の多くは、皆この世界を良くするために一生懸命頑張っている。命がけのクエストだって少なくないし、途中で命を落とす者も多くいる。彼ら、彼女らの頑張りによって今の生活があるのもまた事実だ。だからどうか、これからも、これからもみんなを――」

ミステリアの声が震え、途絶える。

見ると、受付台に立つ足は震え、目には涙が溢《あふ》れていた。

ギルドの代表であるミステリアにとっても、この一件はとても大きなことだったのだろう。

いくらギルド長といえど、貴族が絡んでいれば安易に手を出すことはできない。

下手をすれば、潰《つぶ》されるのはギルドの方だ。だから対処に時間がかかってしまった。

しかし――。

「よくやった！　ミステリアちゃんは悪くねえよ！」

「ギルドにはいつもお世話になってるからね、みんなちゃんと分かってるよ」

「そうそう、ギルド長がいなければ、今ごろこの街は滅んでたよ」

「アレスタたちを捕まえてくれて、本当に、本当にありがとう……！」

震えるミステリアに返されたのは、温かな感謝の言葉と声援だった。

「──はは。みんなありがとう。本当に、ありがとう……。……それから、今回の一番の功労者は私ではない。そこにいる冒険者、ソータだ」

──へ⁉

ミステリアは、受付台の上からオレを指差し、そう宣言する。

ミステリアに向けられていた視線が、一気にオレへと集まった。

「ソータ、ソータも何か一言」

ミステリアはシュタッと受付台から降り立つと、靴を履き、オレの方へとやってくる。

おいいいいいいいいいいいいい！！！

周囲からは、「誰だあいつ」「見たことない」「ミステリアちゃんの何なんだ」などとヒソヒソ声が聞こえてくる。くっそ、このロリコンどもめっ！

「ええと……は、初めまして。小鳥遊《たかなし》蒼太と申します。今日はお集まりいただき……」

な、何を話せばいいんだ……。

「……。ソータはすごいのに、どうしても残念さが抜けないな……」

固まるオレを見て、ミステリアはため息をつく。

やかましいわっ！

「オレは目立つのは好きじゃないんだよ。オレのことはいいから話を進めてくれ」

「……ふむ。ならば私から説明しよう。ソータは私に、あんなことやそんなことを骨の髄まで教えてくれｔ」

「うおおおおおおい待て待て待て待て！　変な言い方すんな！　絶対わざとだろ！」

「うむ、もちろんわざとだ」

腰に手を当て、ドヤ顔で満足気に言い切るミステリア、そして慌てるオレを見て、周囲の人々は楽しそうに笑っている。こ、こいつら本当……。

「――さて、冗談はこのくらいにして。実はソータは、植物やモンスターの毒、解毒方法について研究している優秀な魔導士であると同時に、先日ラストダンジョンの新たなラスボスを討伐した功労者でもある。ちなみに提供したおいしい食事も、ソータが用意したものだ」

「え、は⁉　ちょ――」

か、勝手に適当なこと言うなあああああ！

ミステリアの一言で、当然ながら周囲は一気に騒然となった。

普通であれば、こんな発言やすやすとは信じられないものだが。

しかしミステリアはギルド長であるうえ、前ラスボスを討伐した本人でもある。

日ごろの働きぶりからも、信じるに値する十分な信頼を得ていた。

「――ただ、この件はまだ公にはしていない。内密にしてもらえると助かる」

「その……どうか内密にお願いします……」

言ってしまったもんは仕方がないと、腹をくくって頭を下げたが。

人々はそれを見て、「なんて謙虚なんだ」「あの悪党どもを退治してくれただけでなく、ラスボスまで！」「そのうえ貴族様しか食べられないような食事を振る舞ってくださる……」「なんてかっこいいの！」と感嘆の声を上げ始めた。逃げたい。実はラスボス本人でごめんなさい！

――まあでも、こうして受け入れられたのは大きな一歩だよな。

すんなり受け入れられすぎてびっくりするけど。

でもこれも、ミステリアの人望あってのことなのだろう。

「現在、ラストダンジョンの危険性については、ソータや我々が調査を進めている。が、今日はこれから特別に、ラスボスエリアに建てられたソータの屋敷――の中にある料理屋へ招待してくれるそうだ。……そういやソータ、あの料理屋の名前は何と言うのだ？」

「え？　あー、『料理屋《ラスボスの家》』、かな」

「――ふふ、いい名前だ。みんな、『料理屋《ラスボスの家》』に行くぞ！　いろんなことがあっただろうが、おいしいものをたくさん食べて、少しでも心を癒してくれたら私も嬉《うれ》しい」

「「「うおおおおおおおおおおおおおおおおおおおお！」」」

ミステリアは集まっている人々を煽動《せんどう》し、僅《わず》かに残っていた淀《よど》んだ空気を一気に払拭《ふっしょく》した。

その様子を見て、ベルンとアルマもいつの間にか笑顔になっている。

「――やっぱりミステリアはすごいな。さすがはギルド長なだけあるよ」

「ふえっ⁉　な、と、当然だっ！　私は、かの有名なミステリア・リストンだからな！」

いや有名かは知らんけど。

ていうか恥ずかしがるか威張るかどっちかにしろ！

耳まで真っ赤になりながらふんぞり返るミステリアに、思わず笑ってしまいそうになる。

「まあそれじゃあ、行こうか」

初めてのお客さんとなる人々を連れ、ラスボスエリア中央の石垣前へと転移した。

今日はこれから、「料理屋《ラスボスの家》」初の宴《うたげ》の始まりだ——。

エピローグ

宴《うたげ》も終わり、人々を客室へと送り届けたあと。

オレとリュミエ、ミステリアは、まだ片づけの終わっていないテーブルでぐったりしていた。

「ソータがラスタへ来てから、本当にいろんなことがあったな」

「ああ、そうだな」

ラスボスを押し付けられたときはどうしようかと思ったけど。

周囲の協力もあって、一歩ずつではあるが前世からの夢も叶《かな》えられつつある。

まあまだ完全に叶ったとは言い難い状況だが——。

「ソータとリュミエは、これからどうするのだ？」

「うん？　そうだな、オレは引き続きラスボスエリアを守りつつ、《ラスボスの家》で一人でも多くの人を幸せにできたら、それで満足かな」

「君は本当に欲がないな……。世界征服すら狙えそうな力を持っているのに」

世界征服！

そんなことしたら、本当にただのラスボスじゃねえか！

「あはは……。ああでも、ノーアビリティの人たちが幸せに暮らせる環境も作ってやれたら、とは思ってる。オレに何ができるのかは分からないけど」

でも、オレにはこのラストダンジョンがあるわけだし。

きっと何か、少しくらいはできることもある。はず。

「そうか、ソータはすごいな。リュミエを助けただけでなく、多くの人が見て見ぬふりをしているこの現状を、崩すつもりでいるのか」

――今の言い方、ミステリアも、ノーアビリティを奴隷として使役するやり方を良くは思ってないってこと、なのかな。

ベルンとアルマも奴隷を持つ気はないって言ってたし、案外そういう、まともな感性を持った人も多いのかもしれない。

でも、奴隷の売買が大きなビジネスになっているのもまた事実なわけで、きっとそう簡単に変えられるものでもないんだろうな……。

「リュミエは？　君はこれからどうするんだ？」

「――へ？　私はソータ様のお傍《そば》にいられればそれで。でも、私もおいしい料理を作れるようになりたいです。今は一人では、目玉焼きと卵焼き、簡単な炒《いた》め物くらいしか作れないので……」

「それだけ作れれば十分だろう。でもいつか、私もリュミエが作った料理を食べてみたいな」

「はいっ！　その際にはぜひ！」

最初は読み書きや計算もまったくできなかったリュミエも、今は文字を覚え、小学生レベルの問題なら何とか解けるくらいまでに成長している。

さらには魔法も覚えて、今や日常生活を送るには何も困らない。

――今はまだ子どもだし、保護者も必要だろうけど。

これから先、リュミエがオレのもとから巣立っていくこともあるのかな。

それは何というか……寂しいな。もちろん、自由に生きてほしいって気持ちもあるけど。

娘を持つ親ってこういう気持ちなんだろうか……。

「――ソータ様？」

オレが感傷に浸っていたためか、リュミエが心配そうにオレの顔を覗《のぞ》き込む。

「ああ、ごめん何でもないよ。それよりあれだな、まだ手にしていない食材もたくさんありそうだし、食材の開拓も進めたいな。酢と醤油《しょうゆ》が手に入ったし、寿司《すし》も食いたい」

「すし……とは何だ？」

「砂糖と酢を混ぜ込んだごはんを握って、それに魚を切ったものをのせた食べ物だよ。生魚を使うことが多いかな。醤油と、あとはわさびっていう辛い植物をすりつぶしたものをつけて食べるんだ。うまいぞー」

まあ、わさびはまだ見つかってないんだけど！

どっかに生えてないかな……。

新鮮なものなら、すりおろしてごはんにのせて、醤油をかけるだけでご馳走《ちそう》なのに！

「お、おお……。なかなかに勇気のいる食べ物だが、しかしソータがそう言うならきっとうまいのだろうな。私もぜひ食べてみたいぞ」

まだまだ分からないことだらけのこの世界だけど。

でも本当は、この世界にも「おいしい」が溢《あふ》れている。

きっとオレは、この「おいしい」をこの世界の住人に届けるために、ここに飛ばされたんだろうな。うん。そうだと思うことにしよう。

　こうしてオレは、前世同様――いや、前世以上の至高のグルメライフを夢見て、決意を新たにしたのだった。

あとがき

はじめまして、ぼっち猫《ねこ》です。

この度は『転生してラスボスになったけど、ダンジョンで料理屋はじめます～戦いたくないので冒険者をおもてなしします！～』をお手に取ってくださりありがとうございます！

カドカワＢＯＯＫＳとＷｅｂ小説サイト「カクヨム」により実施された、「楽しくお仕事 ｉｎ 異世界」中編コンテストで優秀賞を受賞した本作は、ぼっち猫にとって初の書籍化作品となります。

私は幼少期から、どこか別世界に迷い込む話や冒険譚が大好きで、細い路地を見ては「この先はもしかして――異世界⁉」と妄想していました。

今でも、バスや電車で意味なく終点まで行ったり、Ｇｏｏｇｌｅマップで適当に目星をつけて一人旅をしたり……とにかく「旅」「冒険」というものに惹《ひ》かれます。

同時に、食材を育て魔法使い気分を味わえる料理もまた、ずっと続いている趣味の一つです。

そんな私にとって、本作のような「異世界転生×グルメ」という好きの詰め合わせで書籍化までたどり着けたのは、本当に奇跡的なことだと思っています。

こんな幸せなことがあっていいのか……。

作品の顔となるイラストは、なんと朝《あさ》日《ひ》川《かわ》日和《ひより》先生に描いていただきました。

朝日川先生の描くイラストの柔らかさと愛らしさ、キャラクターの内面からにじみ出るイキイキとした表情に、すっかり心を奪われております！

リュミエもミステリアも可愛《かわい》いし、私も蒼太《そうた》にラスボスエリアへ招かれたい！！！

カバーイラストの背景も、「ラスボスエリアの屋敷を視覚的に見られるなんて！」と感無量です。


本編についてですが、本作を書籍化するにあたって、カドカワＢＯＯＫＳの担当編集Ｈさんと相談しながら大幅な改稿をしました。

なのでＷｅｂ版とは少し違う設定・展開になっているところもありますが、おかげさまでよりレベルアップし、満足いく仕上がりになりました。

多数の応募作の中から選んでくださったカドカワＢＯＯＫＳ編集部の皆さま、ぼっち猫初の書籍化にもかかわらず尽力くださったＨさん、本当にありがとうございます！


できることなら次巻も出したい。コミカライズもしたい。

なんならアニメ化も！

まだまだ書きたい展開や日常、料理がたくさんあるんだよおおおおおおおおおおおお！

最後に改めて、本作を手に取ってくださった皆さまへ心から感謝申し上げます！

次巻でまたお会いできることを願っています。

お便りはこちらまで

〒102－8177
カドカワBOOKS編集部　気付
ぼっち猫（様）宛
朝日川日和（様）宛

カドカワBOOKS

転生《てんせい》してラスボスになったけど、ダンジョンで料理屋《りょうりや》はじめます
～戦《たたか》いたくないので冒険者《ぼうけんしゃ》をおもてなしします！～

2023年10月10日　初版発行

著者／ぼっち猫《ねこ》

発行者／山下直久

発行／株式会社KADOKAWA

〒102-8177
東京都千代田区富士見2-13-3
電話／0570-002-301（ナビダイヤル）

編集／カドカワBOOKS編集部

印刷所／暁印刷

製本所／本間製本

●お問い合わせ
https://www.kadokawa.co.jp/（「お問い合わせ」へお進みください）
※内容によっては、お答えできない場合があります。
※サポートは日本国内のみとさせていただきます。
※Japanese text only

Printed in Japan
ISBN 978-4-04-075149-8 C0093

新文芸宣言

かつて「知」と「美」は特権階級の所有物でした。

15世紀、グーテンベルクが発明した活版印刷技術は、特権階級から「知」と「美」を解放し、ルネサンスや宗教改革を導きました。市民革命や産業革命も、大衆に「知」と「美」が広まらなければ起こりえませんでした。人間は、本を読むことにより、自由と平等を獲得していったのです。

21世紀、インターネット技術により、第二の「知」と「美」の解放が起こりました。一部の選ばれた才能を持つ者だけが文章や絵、映像を発表できる時代は終わり、誰もがネット上で自己表現を出来る時代がやってきました。

UGC（ユーザージェネレイテッドコンテンツ）の波は、今世界を席巻しています。UGCから生まれた小説は、一般大衆からの批評を取り込みながら内容を充実させて行きます。受け手と送り手の情報の交換によって、UGCは量的な評価を獲得し、爆発的にその数を増やしているのです。

こうしたUGCから生まれた小説群を、私たちは「新文芸」と名付けました。

新文芸は、インターネットによる新しい「知」と「美」の形です。

2015年10月10日
井上伸一郎

最強の鑑定士って誰のこと？
Who is the strongest appraiser?
～満腹ごはんで異世界生活～
美味しい料理で胃袋をがっつり掴んだり……
チートアイテム＆技能でものづくりをしたり……
たまに活躍!?
チートな鑑定で事件も解決!!

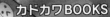

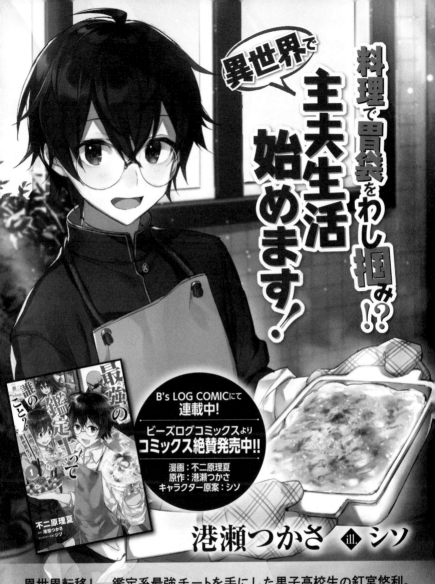

colate
魔王《まおう》になったので、ダンジョン造って人外娘とほのぼのする
MAOU NI NATTA-NODE
DUNGEON
TSUKUTTE
JINGAI-MUSUME
TO HONO-BONO
SURU.
カドカワBOOKS

俺が魔王!?
チートな強さとカタログ通販(?)で
自由に暮らしたい!
コミックス版発売中!!
魔王になったので、ダンジョン造って人外娘とほのぼのする
1

廃村ではじめるスローライフ

～前世知識と回復術を使ったらチートな宿屋ができちゃいました!～

author. うみ
ill. れんた

日本人として生きた記憶を持つエリックは、回復術師なのに肝心の回復力が低いと冒険者パーティを解雇されてしまう。そんな時、怪我をした猫を治療したことで自身のヒールの本質に気付く！　この力があればゲーム定番の「回復する宿屋」や他にもいろいろなことができるかもと思い立ち、楽しいセカンドライフを過ごすため意気揚々と廃村へと出発した。

前世知識を活かした家具作りや美味しい日本食、怪我も治る温泉など、好きなことやりたい放題のスローライフ開幕!!

カドカワBOOKS

元回復術師、
可愛い猫たちと
楽しく廃村で
暮らします！
コミカライズ
決定！